拝啓、役立たず令嬢から
親愛なる騎士様へ
地味な魔法でも貴方の役に立ってみせます
結生まひろ
ILLUS+RA+ION
鳥飼やすゆき
novel スピラ
JN114621

ルディアルト
手紙を届ける
謎の騎士
ユリアーネ
フィーメル
伯爵令嬢

ハンス
第二騎士団
団長
フリッツ
魔導師団
副団長
ローベルト
宮廷魔導師団
団長

「すまない……少しだけ、こうしていたい」

地味な魔法でも貴方の役に立ってみせます

拝啓、役立たず令嬢から親愛なる騎士様へ

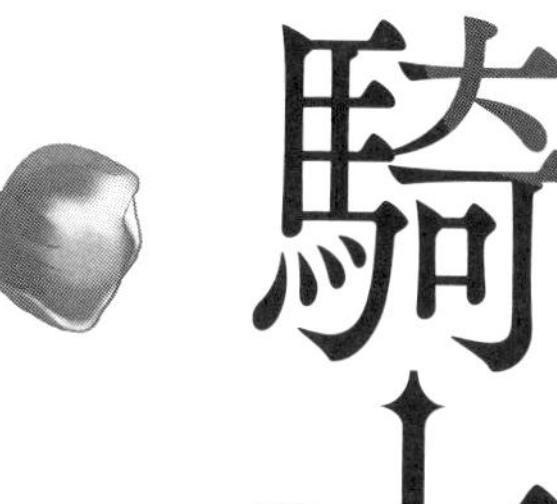

結生まひろ
ILLUSTRATION
鳥飼やすゆき

novel スピラ

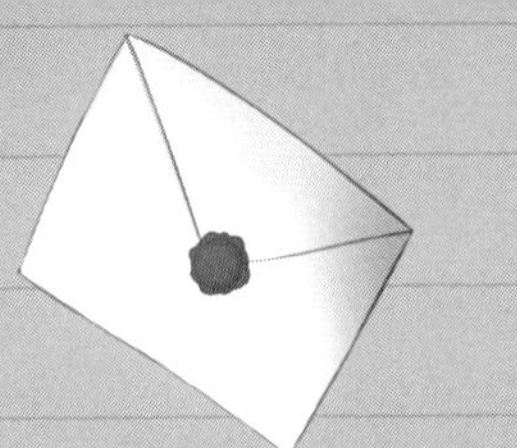

contents

騎士様と手紙

〝君との婚約を破棄したい〟

配達員から渡されたその手紙に書かれていた言葉に、自分の目を疑った。

どうしてこんなことになったの……？

約束の日まであと、ひと月を切っていたというのに。

もう少しで、私はこの家から離れることができたというのに。

殴り書きされた婚約者のサインも、婚約破棄の理由すらろくに書かれていない文章も、昨日までの丁寧な手紙とはあまりにも違い、投げやりな印象を受けた。

昨日まではあんなに愛を語ってくれていたのに。

この一晩でいったい何があったというの？

どうしてこんなに突然人が変わったようになってしまったの？

どうか嘘だと言ってほしい。

それとも、今まで私が愛してきた言葉のほうこそすべて、嘘だったというのだろうか――。

震える手でその手紙を握りしめ、私は過去に彼から送られた手紙を引っ張り出した。

＊

ドルトルク王国――ここは魔法や魔物が存在する世界。

十六歳のとき。私、ユリアーネ・フレンケルに婚約者ができた。

「おまえの取り柄は母親似のその見た目だけなんだから、さっさともらわれていけ！」

義父はいつもそう言って、私に舌打ちをする。

フィーメル伯爵家の一人娘として生まれた私は、幼い頃に父を亡くした。

父の死後、フィーメルの領地は遠い親戚の者が引き継いだと聞いている。

美しかった母が、同じように伴侶を亡くしていたフレンケル伯爵と再婚したのは、もう十年以上前のこと。

フレンケル伯爵にも一人娘がおり、私には一つ年上の義姉ができた。

実父の遺産であるタウンハウスに義父と義姉が引っ越してきて、家族四人での新しい生活が始まった。最初はそれなりに楽しかった。義姉――ドロテアは少し物言いがきついところもあったけど、義父は私を可愛がってくれていたから。

けれど、その関係は私が十二歳のとき、母が亡くなったことで一変した。

財産目当てだった義父は母の手前、私を可愛がるふりをしていただけだったのだから。

義父は母がいなくなった途端に使用人を全員解雇し、仕事をすべて私に押し付けると、浮いたお金で自分は派手に女遊びをするようになった。

実父から母に引き継がれていた財産も、フレンケル伯爵に渡ってしまった。

元々意地悪なところがあったドロテアは、私が実父に買ってもらった数少ない高級品を奪い、たがが外れたように堂々と嫌がらせをし始めた。

そして私が年頃になると、目障りだから早く結婚させて家から追い出そうと言い出した。

『本当に邪魔。さっさとどっかの男に嫁いでいなくなってくれればいいのに』

『ははは、金だけは毎月仕送りさせよう』

『いいわね！　それでまた素敵なドレスを買ってね、お父様』

『ああ、いいぞ。もしもらい手が見つからなかったら、娼館にでも売り飛ばしてしまおうか』

『やだぁ、お父様ったら、名案ね！　でも私にはちゃんといい相手を選んでよね』

『当たり前だろう、おまえは私の可愛い娘なのだからな！』

はははははは――――！

私の目の前で二人が楽しそうにそんな会話を繰り広げるのは、日常茶飯事。

仕事が遅い！　と暴力を振るわれることもある。

私だってこんな家、早く出ていきたい。

毎日そう思いながら生活していたある日、とうとう義父が私の縁談を決めてきた。

相手はグレルマン伯爵家の三男、カール様。義父の話によると、二人の兄に比べて取り柄のない末っ子らしいけど、私はこの家を出ていけるのならそれだけで幸せだと思った。

だから婚約者が誰であろうと、お断りするつもりも、そもそもそんな権利もない。

「結婚は一年後だ。ふん、やっといなくなってくれるかと思うと清々する」

婚約が決まったとはいえ、顔合わせなどの場が設けられることもなく、義父と義姉からは当然

「おめでとう」の一言もなかった。

二人はどうやって私でお金を稼ごうか、それしか考えていないのだから。

でも、この生活もあと一年の辛抱。

今までも我慢してきたのだから、あと一年くらいきっと耐えてみせるわ。

カール様は王宮騎士志望らしい。

王宮騎士団に入団するためにはまず一年、見習いの候補生として兵舎に住み込み、訓練に励まなければならない。

その後、適性試験を受けて合格した者のみが、晴れて王宮騎士団へ正式に入団できる。

だから、結婚は一年後。

そのため、結婚するまで彼に会うことはできないけれど、手紙のやり取りだけは許された。

カール様はほぼ毎日私に手紙を書いてくれた。

貴族同士の結婚に愛などなくて当たり前。

けれどカール様は人情に厚い方のようで、お会いしたことこそないけれど、〝いつか会えるその日を楽しみにしている〟と、熱いメッセージを手紙にしたためてくれた。

＊

「こんにちは、ユリアーネ」

「こんにちは、ルディさん」

毎日決まった時間に玄関の掃除をするのが、私の日課。

その日もいつものように箒で掃除をしていると、馬に乗ったルディさんがやってきた。晴天の下、ルディさんの綺麗な銀髪が輝いている。

「今日はいい天気だね」

「ええ、本当に」

ルディさんは馬から降りると、胸の内ポケットから一通の手紙を取り出して私に差し出した。腰に帯びている立派な剣が硬い音を立てて揺れる。

「これ、今日の分。預かってきたよ」

「いつもありがとうございます」

馬を降りても私より頭一つ分以上背の高い彼を見上げながら、両手で手紙を受け取り、お礼を言う。

婚約が決まって間もないある日、騎士服を着たルディさんがこの屋敷を訪れたのは先月のこと。何事かと思って出迎えれば、ルディさんはカール様から私への手紙を預かってきたという。

騎士様がわざわざ届けてくださるなんてと、最初はとても恐縮したけれど。街の見回りのついでだからと、爽やかに笑うルディさん。

私にはルディさんがまるで物語から出てきた王子様のように見えた。眉目秀麗で品のよさを感じる、とても素敵な方だったから。

服の上からでもわかる、鍛えられた肉体と長身。それに笑っていても隙のないオーラのようなものが漂っていて、優秀な王宮騎士様なのだろうと感じた。

もちろんそんな方とこんなに気さくにお話しするのは気が引けるけど、彼は自分のことを〝ルディ〟と気軽に呼んでほしいと望み、とても朗らかに笑ってくれた。

それからほぼ毎日、ルディさんは決まった時間にこうして私に手紙を届けにきてくれる。

「──カール様は頑張っていらっしゃいますか？」

「ああ、今年の候補生も皆、やる気に満ち溢れている。一年後が楽しみだ」

一年後が楽しみなのは私も同じです。

心の中でそう呟いて、代わりに「そうですか」と言って笑みを浮かべる。

既に正式な騎士様であるルディさんは今、カール様たち候補生の教官を務めているらしい。教官は何名かいるようだけど、こんなに優しい方がいてくれるのなら、カール様も安心ね。

「ではこちら、今日もお願いできますか？」

「もちろん。必ず届けるよ」

カール様へのお返事を託すと、ルディさんは笑顔で受け取ってくれた。

お城に戻ったルディさんがこれをカール様に渡してくれる。そしてそれを読んだカール様がまた手紙を書いて、ルディさんが私に届けてくれる。

そんな日々の繰り返しだった。

教官を務めるような方が街の見回りも行い、さらにわざわざ私のところへ手紙を届けてくださるなんて。

本当にいいのだろうかと何度も悩んだけれど、彼は苦にする様子を微塵も見せずに、手紙を届けに来てくれる。

義父や義姉からはとても辛い仕打ちを受けているけれど、ルディさんが手紙を届けてくれることの時間を、私は毎日とても楽しみにしていた。

この手紙さえあれば、私は頑張れる。

「……君は本当に嬉しそうに笑うね」

「この手紙だけが私の癒やしなのです。本当に、いつもありがとうございます」

「いや、街を見回るのが俺の仕事だから。これはほんのついでだよ」

整ったお顔に穏やかな笑みを浮かべて、ルディさんは再び馬に跨がると「それでは、また」と言って去っていく。

その背中に深々と頭を下げて見送ってから、私は手紙を広げた。

〝――親愛なるユリアーネ

昨日の手紙では僕の体調を気遣ってくれてありがとう。

僕はそんな優しい君に会える日を心待ちにしているよ。

早く君に会いたい。

手紙の文面から君がどんな女性なのかいつも想像している。

きっととても素敵で、可愛らしい人なんだろうね。

君と結婚し、幸せな家庭を築いていけるように、僕は頑張るよ。

それではまた。

カール・グレルマン〟

「カール様ったら……」

男らしく、力強い字で書かれた手紙に笑みをこぼしながら、掃除を再開する。

カール様はどんな方なのかしら。

文字の雰囲気から想像するに、きっと騎士らしく、たくましい方なんだと思う。

義父は「大した男ではない」と言うけれど、きっとそんなことはないはずよ。

だって今も私との将来のために、一生懸命訓練に励んでいるのだから。

それに、あんなに優しいルディさんのもとで教わっているのだから、きっと彼のように民を思いやれる立派な騎士様になるわ。

――早く春が来ないかしら。

まだ暖かくなり始めたばかりだけれど、もう次の春が待ち遠しい。

春が来れば、私はこの家から出ていける。

その希望を糧に、私は今日も夕食作りに取りかかった。

＊

本格的に夏が訪れ、毎日暑い日が続いている。

「こんにちは、ユリアーネ」

「こんにちは、ルディさん」

今日も、いつもと同じ時間にルディさんが馬に乗ってやってきた。

「今日は特に暑いね」

「本当に。そうだわ、よかったら一休みしていってください。冷たいお茶をご用意します」

馬から降りるルディさんは、今日も一分の隙もなくきっちりと騎士服を身にまとっている。

白を基調としたその制服は、ルディさんの綺麗な銀髪によく似合っている。

けれど前髪の下の額には、汗が滲んでいるのがわかった。

「せっかくだが、まだ職務中だから遠慮しておくよ」

「いつも、わざわざ手紙を届けるだけのために寄っていただいて、申し訳ないですもの。ぜひ」

「君は優しいね。だが、本当に大丈夫だよ」

爽やかな笑顔を崩さずにそう言うルディさんに、どうしようかと少し悩んでから、「そうだわ」と声を上げてもう一度彼を見上げる。

「少しお待ちいただけますか？」

「ああ、大丈夫だが」

「では、すぐに戻りますので」

そう言って、私は一度屋敷の中に入った。

清潔なタオルを一枚取り、水に濡らす。軽く絞ったあと、それに魔法をかけた。

私はあまり強い魔法は使えないけれど、ものの温度を保持することができる。

たとえば食品やお湯なんかには、この魔法はとても役立つ。

義父も義姉も、そんな魔法は大したことがないと馬鹿にするけれど、私は密かに役立てている。

「お待たせしました。よかったらこちらをお持ちください」

「……これは？」

「ふふ、気持ちいいですよ」

濡れて冷たくなっているタオルを受け取ったルディさんに、にこりと笑って応えると、彼は素直にそれを首に当てた。

「本当だ。冷たくてとても気持ちがいいな」

「よかった」

「……しかも、温度が変わらないようだが？」

「はい、私の唯一の特技です」

「君は温度調整の魔法が使えるのか？」

「調整というか……保つだけですが」

王宮へ行けば、他にもっとすごい魔法を使える魔導師がたくさんいるのは知っている。

たとえば火を出せたり、氷を出せたりする人もいる。

それに比べると、私の魔法は大したものではない。

「すごいな、鍛えればもっと伸びそうな力だが……」

「そんな、私が勉強したところで、大した使い道もありませんし……」

「……そうか、君は来年には結婚するんだったね」

「はい」

確かに、もう少し魔法を勉強してみたいと思ったこともある。けれどこの環境ではとても望めない。

勉強したところで、私が魔導師になれるわけではない。結婚すれば家で夫を支えていくのだから、強い魔法は使えなくても問題ない。

それに、温度保持の魔法は今のままでも十分料理などには役立てられるし。それで十分。

「そうだ。これ、今日の分」

「ありがとうございます。それでは、こちらもよろしくお願いします」

「ああ」

手紙を交換すると、ルディさんはタオルを額に当てて汗を拭き「本当に気持ちがいいな」と笑った。

前髪が持ち上がり、青銀色の美しい瞳がより強調される。

その端麗なお顔につい、ドキリと鼓動が跳ねた。

「ありがとう、ユリアーネ」

「……！」

〝ありがとう〟誰かにそう言ってもらえたのは、いつ以来かしら……。

「いいえ、感謝しなければならないのは私のほうですので」

顔に熱が集まってしまったのを悟られないようにさっと視線を逸らし、頭を下げる。

本当に、いつもいつも律儀に手紙を届けてくれるなんて、王宮の騎士様とはとても民思いの素敵な方たちなのでしょうね。

カール様もこのような立派な騎士様になり、私はそんな方と結婚する。

――本当に、楽しみでしかないわ。

「それでは、また」

「はい、お気をつけて」

自分にそう言い聞かせるようにして、今日も私はルディさんのたくましい背中を見送った。

＊

それからもしばらく暑い日が続いたけれど、季節は次第に移ろいでいく。

木々が少しずつ紅葉し始め、過ごしやすい気候へと変わっていった。

馬車寄せに溜まった落ち葉を掃きながら、その日もルディさんがやってくるのを待った。

「……」

ここ数日、カール様はとても疲れているご様子だ。

手紙には、訓練がきつくて大変だという愚痴が記されるようになっていた。

毎日手紙を書いていれば、書くことも尽きてしまう。

最初の頃のような熱い愛のメッセージが減ってしまうのも仕方のないことだと思う。

そう思いながら今日もルディさんが来てくれるのを待ったけど、いつもの時間になっても彼は現れなかった。

……今日で三日目ね。

昨日も、その前日も、ルディさんは来なかった。

日が暮れてからも、ちらちらと屋敷の外を気にしてみたし、何度もポストを確認しにいったけど、やはり手紙もルディさんも来なかった。

……どうしたのかしら。何かあったのかしら？

カール様の身に、というよりも、ルディさんの身に何かあったのではと、私は心配した。

カール様は訓練生だから、きっと大丈夫。

もしかしたら疲れていて手紙を書く余裕がないのかもしれないけれど、もし訓練中に怪我をされていたのだとしても、三日も経てばきっとルディさんが連絡してくれるはず。

私に報せが来ないのは、きっとルディさんの身に何かあったときだと思う。

……心配だわ。

〝親愛なるユリアーネ

元気？

僕は毎日が大変だよ。

騎士の訓練もだんだん本格的になってきて、とても疲れる。

早く君に会いたい。

カール・グレルマン〟

「……」

最後に届けられた手紙を読んで、私は小さく息を吐いた。

＊

カール様からの手紙が途絶えて、ひと月近くが経った。季節はすっかり秋を迎えている。

……きっと、今日も来ないいんだろうな。

半ば諦めつつも、いつも通り玄関の掃除をしていたら、久しぶりに私の名前を呼ぶ優しい声が聞こえた。

「ユリアーネ」

「ルディさん！」

以前と変わらない姿で馬に跨がり、ルディさんがやってきた。

「久しぶりだね。元気だった？」

「お久しぶりです！　私は相変わらずですよ。ルディさんもお元気でしたか？」

馬から降りて笑顔を見せてくれるルディさんの姿に、私は心の底から安堵した。

……お元気そうで本当によかった。

「ああ、俺は何も変わらないよ」

「そうなのですね、よかったです。何かあったのかもしれないと、心配していました」

素直にその気持ちを告げると、ルディさんは少しだけ困ったように眉をひそめて笑顔を浮かべた。

「心配させてしまっていたか、すまない。やはりもう少し早く顔を出せばよかった」

「いいえ。お忙しいでしょうから、お気になさらないでください」

――こうしてまた来てくれただけでも、私は嬉しい。

いつの間にか、ルディさんと交わすこの少しのやり取りを、私は楽しみにしていたのだと気づかされる。

家では義父と義姉に嫌なことを言われてばかりだから、こんなふうに普通の会話ができるだけで楽しく感じてしまうのは、当然のことかもしれないけれど。

でも何事もなくて、本当によかった。

「それで、手紙なんだが――」

「はい、カール様も元気にしていらっしゃいますか？」

「ああ、彼も元気だよ。ただ……」

「……？」

今日は久しぶりに手紙を届けに来てくれたのだと思う。

カール様の事情で今まで書けなかったのか、ルディさんの事情で届けられなかったのか。どちらかはわからないけれど、ルディさんが来てくださったということは、きっとカール様からの手紙があるのだろうと、そう想像した。

けれど——。

「彼は今、とても忙しくてね。残り半年、訓練はとても厳しいものになっている」

「……そうなのですね」

つまり、カール様からの手紙はないということのようだ。

「すまない、手紙がないのに来るべきか迷ったんだ。しかし君も心配しているかもしれないと思って」

「いいえ、そういうことだったのですね。事情がわかり、とても安心しました。カール様のことは心配ですが、きっと乗り越えてルディさんのような立派な騎士様になり、私を迎えに来てくれると信じています」

「……ユリアーネ」

「わざわざ伝えに来てくださり、ありがとうございます」

確かに手紙がないのは少し残念だけれど、それよりもルディさんの元気なお姿を見られただけでも安心した。カール様も頑張っているようだし。

それに、わざわざ手紙がない理由を教えに来てくれるなんて。

きっとルディさんもこのひと月、どう対応すべきか悩まれていたんだわ。

本当に部下と民思いの、素敵な方ね。

そう思い、心から感謝の意を表して深々とお辞儀する。

「あの……図々しいお願いなのですが、もしよろしければこちらだけでもカール様に渡してもらえませんか？　返事は落ち着いてからで構わないとお伝え願いたく」

厚かましいと思われるかもしれない。けれど、毎日ポケットに忍ばせていた手紙を思い切って差し出した。

「わかった。必ず渡すと約束しよう」

「ありがとうございます。よろしくお願いいたします」

ルディさんは手紙を受け取ると、再び馬に跨がり帰っていった。

……大丈夫。きっとカール様は乗り越えてくれるわ。

ルディさんを見送りながら、私は自然とその後ろ姿を目に焼き付けた。

手紙がないと、きっとルディさんもしばらく来ないだろう。

それを思うと少し寂しいけれど、カール様も頑張っているのだから、私も頑張らないと！

それに、長くてもあと半年なのだから。

今までの手紙を読み返すだけでも十分、頑張っていけるわ。

そう言い聞かせて、今日も自分の仕事に励んだ。

＊

「ちょっと、ユリアーネ！　このワンピース直しとけって言ったでしょう!?　明日着ていこうと思っていたのに、まだ直ってないじゃない！」

「ごめんなさい、お義姉様。けれど私には他の仕事があって、そんな時間は……」

「はぁ？　じゃあああんた、夜は何をしてるのよ。寝てるんじゃないの⁉　寝る時間があるんなら、私の服を直しなさいよ！」

「……そんな」

お気に入りのワンピースが破れたから直しておけと、義姉のドロテアに言いつけられたのは昨日のこと。

そんなにすぐ取りかかる時間が私にはないのに、ドロテアは怒鳴りつけてきた。

明日着ていくつもりだということは聞いていない。

「ふん、本当に役立たずな娘だ。誰のおかげで飯が食えると思ってる」

のんびりとソファに座り、パイプ煙草を吸っていた義父までもが悪態をつき始める。

「本当の家族でもないあんたをこの家に置いてあげているのだから、もっと感謝しなさいよ！　裁縫もできないいんなら、さっさと嫁いでお金を仕送りしてほしいわ！」

「まぁ、それもあと半年だな」

「そうね。それよりお父様、私の婚約者はまだ見つからないの？」

「ああ、もう少し待っておくれ。おまえには特別にいい男を探してきてやるからな。こいつの婚約者のような下っ端騎士とは比べものにならない男をな」

「やったぁ！　楽しみだわ！」

「……」

破れたワンピースを私に投げつけて、二人は高らかに笑った。

こういうときは、悔しくて涙がこぼれ落ちそうになる。

けれど義父の言う通り、あと半年。あと半年我慢すればいい。

大丈夫、きっとカール様は立派な騎士様になるわ。

涙をぐっと堪えて夕食の片付けとお風呂掃除を終えると、ドロテアのワンピースを摑んで部屋に籠もり、寝ずに針を持つ手を動かした。

あの二人が文句の一つも言えないくらい、完璧に仕事をこなしてやる！

私がいなくなった後、私という存在の大きさに気づいて感謝すればいいんだわ！

そうしてもうすぐ夜が明ける頃、ワンピースの直しは終わった。我ながら、お針子顔負けの出来だと思う。

ろくに睡眠も取れないまま、すぐに朝食の支度に取りかかる。

それから仕事に向かうという（本当に仕事かわからないけれど）義父を見送り、遊びに出かけるドロテアの真っ赤な長い髪をセットして、着付けを手伝わされた。

ドロテアは私が直したワンピースを当たり前のように着ているけれど、もちろん「ありがとう」の一言もなく出かけていった。

こんな状態で大丈夫なのかしら？

いくら伯爵家とはいえ、フレンケル家は最近事業がうまくいっていないことくらい、私にでもわかる。義父はろくに仕事もせず毎日遊びほうけているのだから。

――あの日から三日、ルディさんはやってこなかった。

カール様は疲れているから、しばらく手紙が来ないのはわかっている。

教えてもらえただけでもありがたいわ。ルディさんには本当に感謝しなくては。

それでもいつ手紙が届けられてもいいように、私は決まった時間に玄関の掃除をした。

そしてその日、ルディさんはやってきた。

「ユリアーネ」

「ルディさん！」

思いがけない来訪に、胸が熱くなるのを感じる。

ルディさんはいつもと同じ、爽やかな笑顔で馬を降りて私の前に立つと、胸の内ポケットから手紙を取り出した。

「これは……？」

「ああ、君の手紙に胸を打たれたようだ」

「では、カール様から……！」

久しぶりの手紙に嬉しくなってしまった私は、ルディさんの前だというのに思わずその場で封を切った。

〝親愛なるユリアーネ
しばらく手紙が書けなくて申し訳なかった。

とても寂しい思いをさせてしまったね。

本当にすまない。

だが君にはいつも笑っていてほしい。

君の笑顔を想うと、私はとても頑張れるのだから。

紅葉の鮮やかな色、朝露のきらめき、澄んだ秋の空。

美しいものを見る度に君を思う。

カール・グレルマン〟

「……ああ、カール様」

久しぶりに届いたその手紙の文面は、とても繊細で美しいものだった。

久しぶりだからかしら？

どうしてか、その文面にとても胸を打たれて、あまりの嬉しさに手紙をぎゅっと抱きしめてしまった。

「ルディさん、本当にありがとうございます。私、この一枚の手紙があれば頑張れそうです」

「……そうか、それはよかった」

思わず涙が込み上がり、そっとまぶたを伏せ、この喜びを噛みしめる。

「元気になってくれたようで、よかった」

「え……？」

「なんだかとても元気がないようだったから」

「……」

ルディさんの瞳が、小さく揺れて私を捉えた。

彼の瞳は、とても美しく澄んでいる。この屋敷の人たちとは全然違う、その心を映したような綺麗な瞳。

「何か無理をしているんじゃないか？」

「いいえ……そんな。お気遣いありがとうございます」

「困ったことがあるなら、俺でよければなんでも言ってほしい」

「ルディさんに……？」

「この国の民を守るのが俺の仕事でもあるから」

「……ルディさんは、本当に素敵な騎士様ですね」

王宮騎士であるルディさんが、こんな娘一人をこうも気にかけてくださるなんて。

思わずドキリとしてしまったけれど、私が特別なわけではなくて、ルディさんが優しい騎士様だからだわ。

「お気遣い感謝します。ルディさんも、ご自愛くださいね」

「俺は大丈夫。これでも鍛えているんだよ？」

「ふふ、わかりますよ」

服を着ていてもわかる。しっかりと鍛えられているだろうその肉体は、私のものとも、義父のものとも全然違う。

「……それでは、何かあったらいつでも言って。また明日来るよ」

「はい、お気をつけて」

ルディさんも私と同じようににこりと微笑むと、馬に跨がり去っていく。

……でも、また明日と言っていたけれど、手紙がなくても顔を出してくださるおつもりなのかしら？

その言葉にやっぱり胸が高鳴って、私は緩んでしまう口元をきゅっと結んで箒を手に取った。

＊

翌日は、とても激しい大雨だった。ゴロゴロと、時折雷が鳴る。

いつもの時間になるけれど、この雨ではさすがに外の掃除もできないし、ルディさんだって来られないだろう。

義父も義姉も、まだ雨が降っていない午前中に出かけていった。この雨ではしばらく帰ってこられないはず。

それでも窓から外を眺めていると、門から屋敷に続くアプローチを馬に乗った一人の騎士様がやってくるのが見えた。

「……え」

ルディさんだ。

「大変‼」

その姿を捉えた私は、乾いたタオルを数枚持って急いで玄関へ向かった。

「――すごい雨だ。参ったよ」

「どうぞ、入ってください」

雨のあたらない場所に馬を繋いだ彼を玄関へ招き入れ、タオルを手渡す。

「ありがとう」

ルディさんは素直にそれを受け取り、水の滴る銀色の髪を拭いた。

前髪が持ち上がり、切れ長の目元に視線が向く。

とても色気のあるそのお顔に思わずドキリと鼓動が跳ねて、そこから視線を外すように彼の騎士服に目を向けた。

「……服も濡れてしまいましたね」

「ああ、本当だ」

マントを取ったその下の騎士服も濡れてしまっていることに気がついて、困ったような声を漏らすルディさん。

「よかったら雨が止むまで休んでいってください。さすがに今日は、これでは仕事になりませんよね？　お湯を沸かしますので、身体もあたためていってください。服を乾かします」

「いや、そこまでしてもらうわけにはいかない。少しだけ雨宿りをしたら、すぐ戻るから」

「そういうわけにはいきません！　騎士様がお困りなのに何もしなくては、伯爵家の名が廃ります‼」

この状況だというのに遠慮してみせたルディさんに、私は少し強めの口調で言った。

「……しかし、君はフレンケル伯爵の本当の娘ではないだろう？　勝手なことをして、怒られたりはしないか？」

「ご存じなのですね……」

「失礼だが、少し調べさせてもらった。フレンケル伯爵は君をあまりいいように扱っていないようだ」

「……」

ルディさんが私のことを調べたというのは驚きだったけど、毎日掃除をしているところを見ていれば、調べなくても疑問に思うはず。

ルディさんにみっともない女だと思われてしまうのは少し悲しいけれど、隠したところでいずればれてしまうことだ。

「はい……その通りです。けれど、私の本当の父はフィーメル伯爵です。私は紛れもなく伯爵家の娘です。それに、確かに義父は私には厳しいですが、お困りの騎士様に手を差し伸べて怒るような人ではありません」

本当は、怒られるかもしれない。私のやることすべてが気に食わないだろうから。

それでも構わない。このままルディさんをびしょ濡れで帰すわけにはいかない。

それに、どうせあの二人は当分帰らないだろうし。

「……そうか。そんなに言ってくれるなら、お言葉に甘えさせてもらおうかな」

「はい。では奥へどうぞ」

ようやく頷いてくれたルディさんを案内し、お湯で身体をあたためてもらった。

その間に実父が着ていた服を用意し、ルディさんの服が乾くまで着てもらうことにした。

「何から何まですまない」

「いいえ。これくらい、当然のことです」

いつもありがたい思いをしているのは私のほう。この程度のお礼では足りないほど、ルディさんには感謝している。

服が乾くのを待っている間、先ほど作ったあたたかいスープをお出しした。

「お口に合うかわかりませんが」

「……とても美味しい。料理もいつも君が？」

「ええ、料理は好きなので」

「そうか、本当に美味しいよ。王宮の料理人にも負けていない」

「ふふ、大袈裟ですよ」

本当に美味しそうに食べてくれるから、とても嬉しくなってしまう。

ルディさんの笑顔を見ているだけで、なんだか心があたたまる。

「そうだ、手紙を持ってきたんだった。濡れていなければいいのだが」

「え？」

そう言って、ルディさんは干してあった服の内ポケットに手を入れ、手紙を取り出した。

「よかった。大丈夫そうだ」

「……ありがとうございます」

今日は、手紙はないだろうと思っていた。だからとても驚いたし、すごく嬉しい。

再び椅子に座りスープを口に運ぶルディさんを横目に、私は堪らず手紙の封を切る。

〝親愛なるユリアーネ
君の笑顔を想像したら、とても元気が湧いてきた。

どんな困難も君がいれば乗り越えられる気がしている。

君は私にとってかけがえのない、ただ一人の大切な女性だ。

君と一緒になれたなら、どんなに幸せだろう。

その日を夢に描いて、私は今日も頑張るよ。

どうか君が今日も笑顔でいられますように。

カール・グレルマン〟

「……カール様」

とても熱い内容に、胸の奥がじんわりする。

少しやり取りをしない期間があいた後、カール様はとても優しく、素敵な文を綴ってくれるようになった。

心なしか文字も前より美しい。とても丁寧に、心を込めて書いてくださっているのだということが、彼の想いが、この手紙から伝わってくる。

「……嬉しそうだね」

「すみません、私ったら……！」

「いや、構わないよ。君の笑顔からは元気がもらえるから」

ルディさんの前だというのに、この甘い文面に頰を赤らめてしまったことを恥ずかしく思ったけれど、ルディさんも少しだけ照れくさそうに笑ってくれた。

「カール様とお会いしたことはありませんが、きっととても素敵な方なのだと思います。だってこんなに心のこもった手紙を書かれるのだから、そうに違いないわ」

「……そうか、それは楽しみだろう。彼に会うのが」

「はい！」

思わずのろけてしまうと、ルディさんは一層頰を赤らめて口元に手を当て、それを誤魔化すように咳払いをした。

少し、言いすぎてしまったかしら。

いくらルディさんとは気心が知れてきたとはいえ、騎士様なのよ。彼がそうしてほしいと言ってくれたからこうして気さくに話しているけれど、本来は将来の夫の上司なのだということを、忘れてはならない。

「申し訳ありません、少し調子に乗りました」

「いや、違う。君がその……あまりにも嬉しそうに語るから……」

言葉を濁しながら話すルディさんの戸惑った様子に、再びドキリと胸が鳴る。

どうしたの、私……。

確かにルディさんはとても魅力的な方。優しく、ハンサムで、きっと女性の憧れだわ。

けれど、私には婚約者がいるのよ。

どんなにルディさんが素敵でも、ときめいてしまってはだめ。

自分にそう言い聞かせて、手紙の文面を思い出す。

そうよ、カール様だってルディさんに負けないくらい、素敵な方じゃない。

私は幸せになれるわ。

改めてそう思い直し、胸にそっと手紙を抱きしめた。

＊

それからも、ルディさんはカール様からの手紙を毎日届けてくれた。

季節は秋を過ぎ、寒い冬を迎えていた。

手紙を届けてくださるのは嬉しいけれど、無理はしなくていいですよと、何度も伝えてみたけれど。

ルディさんは「ついでだから」と言って、毎日毎日手紙を届けてくれた。

「――こんにちは、ユリアーネ」

「こんにちは、ルディさん。今日も寒いですね」

玄関先に積もった雪をかき終わったところで、今日もルディさんは馬に乗ってやってきた。

「ああ本当に。今日も雪をかいていたのか。手が赤くなっている」

「あ……」

馬から降りると、ルディさんは私の手を取ってぎゅっと握りしめた。

ルディさんの手はとても大きくて、あたたかい。男の人の手だわ――。

毎日の水仕事であかぎれができた指は、この寒さと相まって恥ずかしいくらい赤くなっていた。

ルディさんにこんな荒れた手を見られるのは恥ずかしい。

「……あの」

とても心配そうな瞳を私に向けているルディさん。そんな彼を見上げると、至近距離で目が合った。

「これは、失礼！　君には婚約者がいるというのに」

「いいえ……ご心配くださり、ありがとうございます」

ルディさんは、はっとしたように私の手を離したけれど。私の顔は既に熱い。

だってルディさんは素敵な男性だから。

私に婚約者がいなければ、好きになっていたかもしれない。

「本当にすまない。……これは今日の分だよ」

ほんのりと頬を赤らめて咳払いをすると、気を取り直すように胸ポケットから手紙を取り出すルディさん。

ルディさんの体温で、手紙はほのかにあたたかい。

「もしよろしければ、中で少しあたたまっていきませんか？　今日はシチューを作りました」

「それはとても魅力的な誘いだが、今日は遠慮しておくよ」

「遠慮なんてしなくていいのに」

相変わらず真面目なルディさんに、ふふっと思わず笑みがこぼれる。

「……ユリアーネ」

「はい」

すると、ルディさんは何か改まった様子で私の名前を呼ぶ。冬空の下で、今日もルディさんの綺麗な銀髪が輝いている。

「……」

「……?」

何か言いたいことがあるようだけど、言いにくそうに視線を逸らされ、首を傾げる。

「ユリアーネ、実は――」

「……くしゅんっ」

せっかくルディさんがお話ししてくれようとしていたのに。間が悪くくしゃみをしてしまった。

「すみません」

「いや……、こちらこそ。寒い中引き止めてしまったね」

「大丈夫です。それで、お話は?」

「話はまた今度にしよう。今日は早く部屋に入ってあたたまったほうがいい」

「ですが」

「また明日来るから」

「……わかりました」

ルディさんは優しく、けれど有無を言わせない態度で私の誘いを断ると、馬に跨がり小さく微笑んで帰っていった。

でもその笑顔は、どこか切なげに見えた。


翌日も約束通りルディさんは手紙を持ってきてくれた。けれど、昨日の続きはお話ししてくれなかった。

気になるけれど、自分から言い出さないのに、無理に聞くこともできなくて、そのまま時間は過ぎていった。

それに、なんとなく聞いてはいけないような気もした。

それを聞けば、何かが壊れてしまうのではないか――。

根拠はないけれど、そんな予感が胸に湧いて、ルディさんが話してくれるのを待とうと、そう思った。

*

それからだんだんと暖かい日が増えていき、積もった雪はすっかり溶け、季節は春の訪れを告げていた。

カール様からの手紙は、今でも毎日欠かさずルディさんが届けてくれる。

大雪の日も、大寒の日も。あれ以来、途絶えたことは一度もなかった。

ルディさんが風邪を引いてしまっては大変だと、本当に毎日届けてくれなくていいですよと伝えてみたけれど。やっぱり彼は鼻を赤くしながらも「大丈夫」と笑うのだった。

そんな姿を見ているうちに、私の心の中には大きな葛藤が生まれていた。

ルディさんに毎日会えて嬉しいと感じる気持ちと、彼の負担になりたくないという気持ち。

そう、私は徐々にルディさんに惹かれていることに気がついてしまったのだ。

それでも、私にはこんなにうっとりするような手紙を書いてくれている、婚約者がいる。だからその気持ちは決して認めていいものではないと、心に言い聞かせた。

大丈夫。カール様からの熱い恋文を読めば、ルディさんへの気持ちを抑えることができるわ。

カール様はとても素敵な方。きっと一度でも会えば、ルディさんへの気持ちは忘れられる――。

カール様からの手紙は、最初の頃とは明らかに違っていた。

これは既に、〝会ったことのない婚約者に形式的に送られる手紙〟ではなかった。

毎日綴られるその内容は決して長くはないけれど、私のことをどれだけ想ってくれているのかが行間から伝わってくるものだった。

一度手紙が途絶えたとき、カール様に何かあったのかしら……？　忙しくて手紙を書いている余裕がないと聞いたけど。きっと今だって忙しいはずなのに。

手紙のやり取りしかしていないというのに、まるで私のことを誰よりもよく知ってくれているように感じる。

でもそれは、私だって同じかもしれない。私とカール様は会ったことがない。姿絵も見ていないので、顔も知らない。

最初は、この家を出ていけるのなら、相手は誰でもいいと思っていた。

けれど、今は違う。

私はこの手紙を書いてくれている相手に、恋をしている。

ルディさんはとてもいい人だけど、私の相手はルディさんではない。

私が好きなのは、毎日欠かさずこの手紙を届けてくれるルディさんではなく、毎日欠かさずこの手紙を書いてくれている、カール様だ。

そんなカール様ともうじきお会いできると思うと、胸が熱くなった。

……ああ、あなたはいったいどんな方なのかしら。どんな顔で笑って、どんな声で私の名前を呼んでくれるのかしら。

髪は金髪？　それとも黒髪かしら？

ううん、見た目なんて関係ないわ。

私にはこの手紙がすべてよ。

毎日欠かすことのない手紙からは彼の気持ちが伝わってくる。

こんなに私のことを想ってくれている人は他にいない。きっと彼も早く私に会いたいと思ってくれているはず。

だから私も、カール様のことだけを想うわ。早くカール様に会いたい。

その日を心待ちにしながら過ごしていた、そんなある日——。

一通の手紙が届いた。

しかも届けてくれたのはルディさんではなく、配達員の方。

もちろん一般の郵便物はこうして届けられるのだけど、私が眉をひそめたのは、差出人がカール様だったから。

今まで、郵便を使って手紙が届いたことなんてないのに。

いったいどうしたのだろうかと、なんとなく嫌な予感を抱きつつ、封を切った。

絶望と希望

どうして——？

その手紙には〝君との婚約を破棄したい〟という言葉が書かれていた。理由もなく、ただ〝すまない〟と、必要最低限の言葉だけが。

私はすぐには理解できなかった。

なぜ？

昨日まではあんなに愛のある言葉を手紙で紡いでくれていたというのに、どうして急にここまで心変わりしたというの——？

「……」

感情が追いつかなくて、頭の中が真っ白になる。

……これは、きっとカール様の意思ではない。

いや、そもそもこの手紙を書いたのは彼ではない。

殴り書きで書かれたサインと文章の綴り方を見て、そう思った。

昨日までの丁寧なものとは違い、とても投げやりな印象を受けたから。

それでも、彼を騙ってこのようなものを送り付けてくる相手がいることに混乱し、いったい何が起きているのかと震える手で手紙を握りしめたとき、一つの疑問が浮かんだ。

「……」

なんとなく、この字には見覚えがあるような……。

それを確かめるべく、私はこれまでにカール様から送られた手紙をすべて引っ張り出し、読み返していった。

そして、とても信じ難いことに気がついてしまった——。


「こんにちは、ユリアーネ」

「……こんにちは、ルディさん」

その日も、ルディさんはいつもと変わらない笑顔でやってきた。

どうやらまだ、あのことは知らないらしい。

「ルディさん。申し訳ないのですが、キッチンの戸棚が壊れてしまって……見ていただけませんか？」

馬から降りたルディさんにそう言って、彼を屋敷の中へ促した。

こうしてお願いでもしなければ、彼は家の中に入ってくれないだろうから。

だから私は嘘をついて、ルディさんを招き入れた。

本当はルディさんに嘘をつくのはとても心苦しいけれど、彼だって私に嘘をついている。

「——壊れてしまった戸棚はどれだい？」

「……」

何も疑わずについてきてくれた彼を、私は椅子に座らせた。

「それは後で……。それより今日も手紙はありますか？」

「ああ」

少し訝しそうな表情を見せつつも、ルディさんはいつものように胸の内ポケットから手紙を取り出した。

「……」

躊躇わずにルディさんの前で封を切り、広げて目を通す。

〝親愛なるユリアーネ
昨日の訓練でシロツメクサの花が咲いているのを見た。

待ちに待った春がやってきたね。

もうすぐ君に会える。

そう思うと私の胸はいっぱいになり、とても苦しい。

素敵な君に私は釣り合えるだろうかと、不安になったりもする。

でもこの手紙に綴ってきたことがすべてだ。

君を愛している。

この想いを直接君に伝えられたら、どんなに幸せだろう――。

カール・グレルマン〟

そこには、いつもと変わらない綺麗な文字で愛の言葉が綴られていた。

胸の奥がぎゅっと締めつけられるような感覚に、唇が震える。

……ああ、やっぱり。

「ルディさん、この手紙はどなたからのものですか？」

「え？　何を言っているんだ。君の婚約者、カール・グレルマンからに決まっているじゃないか」

「……本当のことを言ってください」

彼の正面に座り、私は静かに口を開いた。感情的にならないよう、冷静に。

「……どうしたんだ？」

けれど、どうやら白を切るつもりでいるらしいルディさんに、私はテーブルに置いていた箱の中から先ほど届いた手紙を取り出して、彼に広げて見せた。

「実は、手紙が届いたんです」

「え？」

「差出人はカール様です。内容は、私との婚約を破棄したい。というものでした」

「――なに⁉」

目の前に出された手紙と私の顔とを交互に見て、ルディさんはその綺麗なお顔を曇らせた。

「もう、ずっと前からカール様の気持ちは私にはなかったのですね」

「……」

「この手紙を書いてくれていたのは、あなたですか？　ルディさん」

「…………っ」

黙り込み、ぐっと奥歯を噛みしめるルディさんの表情が、肯定を意味していた。

覚悟はしていたのに、その表情にどんどん胸の奥が痛み出す。

「……答えてください」

それでも、直接聞きたかった。

彼の口から、真実を知らせてほしかった。

だから少し、感情的に大きな声を出してしまった。

「……すまない。君を騙すつもりはなかったんだ」

「どうして……」

私の視線から逃げるように目を伏せてそれを認めるルディさんに、私の中で何かが嫌な音を立てて崩れていく。

「彼からの手紙が途絶えたことがあっただろう？　あのとき、君はとても悲しそうな顔をしていた。……だからつい、最初は君が元気になってくれればと、ほんの出来心で書いたんだ。彼の字を真似して、ただ君に笑ってほしくて」

「……そんな」

本当はわかっていた。カール様からの手紙が途絶える前と後では、よく見ると文体が違う。似せようとしているけれど、字も違う。

更にその文字は、日に日に書き手本来のものへと変わっていった。

毎日似せて書くということが難しくなったのか、これがカール様の字として私が受け入れる頃だと思ったのか。……ううん、もしかしたらばれても構わないと、思ったのだろうか――。

そしてこの婚約破棄を申し出る手紙の文字は、最初の頃のカール様のそれと同じだった。

そんなことができるのは、しようと考えるのは、ルディさんしかいない。

覚悟したようにまっすぐ私を見つめる瞳に、胸の奥が抉られるような感覚になる。

「訓練に慣れればまたすぐに手紙を書き始めるだろうと。それまでの間だけ、俺が彼の代筆をと、最初はそう思っていた。だが彼は一向に手紙を書かなかった。それどころか……その、君のことを忘れてしまったようにも見えた」

「……」

ズキズキと痛む胸を押さえながら、黙って話を聞く。

「こんなことはいけない、君に本当のことを告げなければと、何度も何度も思った。だが、言えなかった」

〝本当にすまない〟

彼はそう言って、深々と頭を下げた。

その銀色の髪を見つめていた私は目の奥が熱くなり、じんわりと視界がぼやけていく。

辛いのは、カール様が手紙を書いてくれていなかったことではない。あの素敵な手紙がすべて〝偽り〟だったということ――。

でも、わかっている。ルディさんは悪くない。

すべて、私のためにやってくれたこと。

だから、責めてはいけない。こんなに立場のある方が私のような娘に頭を下げるなんて、本来ならあり得ない。私はルディさんを責められる立場ではない。それはわかってる。

けれど……。

「……すべて、嘘だったのですね。私は、一人で舞い上がって……あなたの嘘の手紙に、恋をして……、喜んで……、馬鹿みたい……ですね」

我慢し切れず、胸の内を言葉にしてしまった。それと同時に、ぽたり、ぽたりと、瞳から溢れた熱い雫が私の膝を濡らしていく。

「ユリアーネ、違う！　あの内容に嘘など――」

「今までありがとうございました」

ぱっと顔を上げるルディさんから視線を逸らし、今度は私が頭を下げる。

「……ユリアーネ」

「お忙しいところお引き留めしてすみませんでした。どうぞ……もう、お帰りください……」

本当に、これまでありがとうございました。もう、あなたの貴重な時間をいただくことはありません――。

心の中でそう言ったら、ぽろぽろと涙がこぼれた。

でも、ルディさんに泣いている顔を見られたくない。

声が震えてしまったからもうばれているかもしれないけれど、私は頭を下げたまま、ただ身体が震えてしまわないようにぐっと堪えた。

「……本当に、すまない」

「……」

上からその言葉が降ってきたのを最後に、ルディさんは静かにこの家を出ていった。

「う……っ、ふっ……」

きっともう、ルディさんに会えることはない。

家の中でどんな嫌がらせを受けても、どんなに傷つくことを言われても、ルディさんと短い会話を交わして、あの手紙を読めば元気が出た。

もう少しでこれを書いてくれている方のもとへ行けると思えば、救われた。

いけないことだけど、手紙のお相手がルディさんだったらどんなに素敵なことだろうと、夢を見たこともあった。

それは現実だったけど、理由は私を悲しませないため。実はカール様がルディさんだった、なんて……現実は物語のようにうまくいくわけがない。

手紙に綴られた愛の言葉だけが、私の生きる希望だったのに。

それは〝偽りの手紙〟だった。

あと少しで、あの手紙を綴っている方のもとへ行けると、信じていたのに。

すべてなくなってしまった――。

「うう……っ、ひっ……く……っ」

母親を亡くした子供のように、独りぼっちで、私は声を上げて泣いてしまった。

――その日の晩。義父が帰宅すると、本物のカール様から届いた婚約破棄の手紙を読んで、怒り狂った。

「なんということだ‼　せっかく私がおまえの相手を見つけてきてやったというのに……‼　婚約破棄されるとは、本当に役立たずめ‼」

そう言って私の身体を蹴り飛ばし、床に倒れ込む私を更にギロリと睨みつけた。

「情けないわねぇ、あんた。三男坊なんかに婚約破棄されて。ふっ、いい気味」

「本当に娼婦にでもなって、今まで育ててやった恩を返せ‼」

ドロテアにも笑われて。義父には唾をまき散らしながらそんな罵声を浴びせられ、涙も涸れた私はふと思う。

……本当に、惨めで情けないわね。

父や母に会いたい……。

私のことを本当に愛してくれた、唯一の家族……。

そう思いながらただ床に座っていたら、それすらも気に食わなかったのか、義父は私の腕をぐいっと摑んで立ち上がらせた。

「……痛っ」

「来い‼　もう我慢ならん。娼館に売り飛ばしてやる‼」

蹴られた場所を強く掴まれ、痛みが走る。そのまま私を引きずるように玄関へ向かう義父。けれど私にはもう抵抗する元気も残っていなかった。

結局私は、この人に一度も必要だと思ってもらえなかったのね。こんなところに一生いるくらいなら、娼館のほうがましかもしれない――。

本気でそんなことを考えた、そのときだった。

玄関から「こんばんは」と、声が響いてきた。

……聞き覚えのある声だわ。

「む、誰だ。こんな時間に！」

苛立ったまま私を乱暴に投げ捨てて、義父は一人玄関へ向かう。

その勢いで私は再び床に倒れ込んだ。

「なっ⁉　なんですか、あなたたちは……‼　ちょっと、勝手に入られては困ります‼」

すると、何やら騒がしい音とともに義父が喚き散らす声が聞こえてきた。

やってきた客人は、どうやら一人ではないようだ。

「ちょっと、いくら王宮騎士の方だからといって、伯爵である私の屋敷に勝手にあがるのは――！」

「申し遅れました。私は第三騎士団で団長を務めております、ルディアルト・ヴァイゲルと申します」

「……⁉　団長……？　ヴァ、ヴァイゲル公爵の……、ご令息⁉」

「ええ。お邪魔してもよろしいですか？」

「ど、どうぞどうぞ、汚いところですが……！」

……ヴァイゲル公爵様の、ご令息？

声でわかっていたけれど、やってきたのはルディさんだった。

ルディと呼んでくれと言い、気さくに私と話す彼は他のことは何も教えてくれなかったから、今まで知らなかった。

けれど、まさかルディさんが公爵家のご令息だったなんて。

ヴァイゲル家はこの国筆頭の公爵家。

社交の場に顔を出さない私でも知っているほどの名家。

それに、団長様だったことにも驚いた。騎士団長様がわざわざこんなところへ手紙を届けに来てくれていたの？　嘘みたい。

……私はルディさんのことを、何も知らなかったのね。

「大丈夫ですか？」

床にへたり込んでいる私を見て、ルディさんはすぐに駆け寄ってきて手を差し出してくれた。

その優しげな瞳に、私の中に再び熱いものが込み上がる。

……もう、諦めているのに。

すべては嘘だったのだから、期待してはいけないのに……。

ルディさんにこんなに早く会えたことを、とても嬉しく思っている自分がいる。

「こちらのご令嬢は怪我をされているようですが……まさか、あなたが？」

「まさか！　鈍くさい娘でしてね、自分で勝手に転んだのでしょう！」

ルディさんに優しく肩を抱かれて立ち上がる。

耳元で小さく「大丈夫？」と囁かれ、私はこくりと頷いた。

肩に触れているルディさんの温もりが優しく心にしみてきて。隣にいてくれるだけで自然と安心してしまう。

「ところでフレンケル伯爵。彼女……ユリアーネ嬢は、カール・グレルマンとの婚約が白紙になったそうですね」

「えっ？　ええ、まぁ……。お恥ずかしい話ですがね」

「ではお願いがあります。彼女と結婚させていただけませんか？」

ルディさんは、義父の前でまっすぐに姿勢を正すと、はっきりとそう言った。

「なんと⁉　本当ですか⁉」

ルディさんから告げられた言葉に、私を含めた家族全員が驚き、彼を見つめた。

「構いませんね？」

「も、もちろんですとも！　こんな娘でよければいくらでも……あ、しかし、うちにはもう一人娘がいましてして、こっちの娘のほうが――」

ドロテアの悔しそうな視線を受け、義父は笑顔でそう申し出る。

しかし、ルディさんはドロテアには目もくれずに即答した。

「私はユリアーネを妻に迎えたいのです。他の女性は考えられません」

「そ、そうですか。どうぞ、あなた様のお心のままに」

「では、こちらとこちらにサインを」

「はい」

やっぱりドロテアは不満そうに義父を睨みつけて「お父様！」と声を上げたけど、義父は「黙ってろ！」と一蹴した。

義父にしてみれば、ヴァイゲル家と縁戚になれるならば、誰が嫁ごうと構わないのだろう。

そして私の理解が追いつく前に、話はどんどん進んでいく。

ルディさんは数枚の書類を用意しており、義父に順番にサインさせていった。

それはもう、有無を言わせない態度で。

その光景を見ながら、どこか他人事のようにぼんやり思う。

ルディさんが、私と結婚？

どうして……。罪滅ぼしのつもりかしら。

そうだとしたら、人がよすぎるわ……。

「――よろしいでしょう」

「しかし、この娘のどこがよかったのですか？」

書類へのサインが一通り済むと、ルディさんはそれを一緒に来ていた執事らしき人に渡した。

義父はもみ手をしながらルディさんに下卑た笑みを浮かべている。

「彼女はとても魅力的な女性です。少なくとも私が今まで見てきた中では、間違いなく一番に」

「そ、そうですか！　でかしたぞ、ユリアーネ！　しかし、ここまで育てるのは苦労しましたよ。とてもお金をかけてきましたからね、ええ」

義父の考えがそのだらしなく緩んだ顔に表れている。しかし、今、ルディさんが言ったことは本当だろうか？　これも偽りのプロポーズ？

「……では、フレンケル伯爵にはもう一つお話が」

「はい！　なんでしょうか！」

ルディさんの静かな声に、義父は期待に満ちた笑顔を浮かべた。

「フレンケル伯爵。あなたには義娘に対する虐待の容疑がかかっている。城へ来てもらうぞ」

「なに⁉」

先ほど私との結婚を願い出たときとは違い、とても鋭い眼光を義父に向けて、ルディさんは言った。

それは紛れもなく〝騎士団長〟の顔だった。

「そんな……！　な、なぜだ……‼」

「言い訳は城で聞く。連れていけ」

「ハッ！」

「は、離せ！　誤解だ‼」

私の目の前で、側に控えていた騎士様たちに囲まれた義父が情けなく騒いでいる。

私には大きく見えたその存在も、鍛え抜かれた王宮騎士様たちの前ではあまりにも小さく、無力だ。

「おい、ユリアーネ‼　誤解だよな⁉　誤解だとこいつらに言ってくれ‼　私はおまえたち母娘を引き取り、この十数年、大切に育ててやっただろう⁉」

「……」

縋るような目で私を見つめる義父。

この人のこんな顔は、初めて見た。……なんとも醜い。私はずっとこんな人に虐げられてきたのか。

「虐待の事実はないよな？　あれは教育だった。そうだろう？　私はおまえを愛していたのだ‼おかげでこうして、ヴァイゲル公爵のご子息に見初められたではないか‼　すべて私のおかげだ‼」

「……」

とても必死な様子で、唾を飛ばしながら私に助けを乞うてくる義父。

……私を愛していた？

この人のおかげで私はルディさんに見初められた？

「しかし彼女は現に今も怪我をしているようだが」

「それは自分で転んだだけだと言っただろう‼　な？　ユリアーネ。そうだよなぁ？」

どうかそうだと言ってくれと、媚びるように猫なで声で私に訴えかける義父。

確かに、この男に愛されていると感じていた時期もあった。まだ母が生きていた頃は、私にも優しくしてくれた。

「……」

「なぁ、ユリアーネ。私たちは家族だろう？　愛するおまえにそんなこと、するはずがないよなぁ？」

「そうなのか、ユリアーネ？　あとのことは心配いらない。だから本当のことを言っていいんだぞ」

ルディさんが私に視線を向け、優しく問いかけてくる。

私が本当のことを言えば、この男は牢に入れられてしまうのだろうか。犯罪者になってしまうのだろうか？

そうか、もしも義父が投獄されても、私がその家族として酷い目に遭わないよう、ルディさんは私に結婚を申し込んでくれたのかもしれない。犯罪者の娘でもヴァイゲル公爵令息の婚約者になれば、周りの人は酷いことはできないはずだ。

「……」

「ユリアーネ‼」

黙り込む私に、義父は少し苛立った様子で声を張った。

家族に……なりたかった。血は繋がっていなくても、本当の家族に。

ルディさんからの結婚の申し込みはあくまでも緊急避難的なものだろう。ここで義父の罪を暴けば、最悪の場合、爵位は剥奪され私は今度こそ天涯孤独。行く場所を失うかもしれない。そうなるのが怖くて、私はずっと我慢してきた。でも、それでも……もう我慢するのはやめよう。自分の人生は自分で切り開かないと——。

「——私は今、この男に蹴り飛ばされました」

「な……っ！」

けれど、この家ではそれは叶わなかった。

義父を無表情でまっすぐ見つめて、指をさす。

「その後乱暴に腕を掴まれ、床に叩きつけられました。今までも何度も、暴力を振るわれたことがあります」

「……ほう」

「この……っ、クソガキが‼　育ててやった恩を忘れやがって‼　ただじゃおかないぞ‼」

感情を持たない瞳で見つめる私に、義父は額に青筋を浮かべ、喉がちぎれそうなほど叫んだ。

「黙れ‼」

「……っ」

けれど、ルディさんが一言で義父を一蹴した。

腰に帯びた剣が、硬い音を立てて揺れる。

「育ててやった？　貴様はフィーメル伯爵の財産を奪い、彼女をこき使っていたな。自分はろくに仕事もせず、やりたい放題やっていたのだろう。いずれすべてが明るみに出ることだ」

「そ、それは……」

「ただじゃおかないのはこちらの台詞だ。おまえに明日があると思うなよ」

「………っ‼」

それを聞き、義父は顔を真っ青にして震え上がった。

ルディさんが感情的に話すのを、初めて見た。その眼差しだけで義父を殺してしまうのではないかと思うほどに鋭い眼光だった。

「彼女と同じ空気を吸わせるのも耐え難い。連れていけ」

ルディさんの合図で、騎士の方たちが両脇から義父を捕らえ、引きずるように外へ連れ出す。

今度こそ何も言えずに、義父はぐったりと項垂れたまま私の前から姿を消した。

これからこの屋敷も色々と調べられるだろう。

「嘘でしょう……お父様……」

ドロテアはそんな父親の様子をただ呆然と眺めていた。

「困りましたね。たった一人の肉親である父上が罪人になってしまった。あなたはまだ婚約者も決まっていないようだが、この先あなたを妻に欲しがるまともな男性は現れますか？」

そんなドロテアに、ルディさんは声をかけた。話し方は優しいけれど、棘を感じる。

「そんな……っ、でも、ユリアーネだってこの家の娘なのよ⁉　ヴァイゲル様はこんな女を本当に娶るおつもりですか⁉」

「彼女をあなたと一緒にしないでいただきたい」

「……ひっ」

言い返してきたドロテアに、ルディさんはとても鋭く、冷たい眼差しを向けた。

ドロテアの身体は一瞬で凍りつく。

「彼女はフィーメル伯爵の娘だ。先ほどフレンケル伯爵から彼女の籍を抜く書類へのサインはいただいた。ユリアーネはもう、この家とはなんの繋がりもない」

「……そ、そんな！」

「それよりあなたはご自分の心配をするんだな。これから一人でどうするおつもりですか？　娼婦にでもなりますか？」

「……っ」

口調は丁寧でも、ルディさんがとても怒っているのがわかる。

先ほどの私たちのやり取りは、家の外まで筒抜けだったのかもしれない。

「ユリアーネ、怪我は大丈夫？」

「……はい、大したことはございません」

腕が少し痛むけど、折れてはいないだろうし、これくらいのことは過去にもあった。

「君の荷物をまとめたら行こう。念のため、手当てもしたい。俺の屋敷に君の部屋を用意してあるから、一緒に来てほしい」

今にも泣きそうな顔をしているドロテアを放置して、ルディさんは私に優しい笑顔を向けるとその部屋を出た。二人きりの空間に、私は落ち着きを取り戻す。

「……どうしてですか？　手紙のことを気にされているのでしょうか。それでしたら、そこまでしていただかなくても……」

助けてくれたのはありがたい。

手紙が嘘だったのは悲しいけれど、それも私を思っての行動だった。それに、あの義父から解放してくれただけでもう十分。

これ以上ルディさんに迷惑はかけられない。だから、あとは一人でも、どこか働き口を見つけて生きていくわ。

「違うよ、ユリアーネ」

「……？」

私と視線を合わせるようにそっと肩に手を置くルディさんを、私も見つめ返す。

「どうか俺の話を聞いてほしい」

「……はい」

いつにもまして真剣な表情を見せるルディさん。

すべてを諦めていたはずなのに、彼と見つめ合うだけで胸の鼓動が高鳴り始めてしまう。

「確かに、あの手紙は差出人を偽った。それは本当に申し訳なかった。だが、綴った内容に嘘はない。ユリアーネ、俺は君のことを愛してしまった。どうか俺と結婚してほしい」

「え……」

嘘、ではない……？

「あの文面は……あの愛は、本物の言葉だったというのですか？」

「そうだ。だから毎日スラスラと手紙を書くことができた。君への想いは尽きることがない。この想いを直接君に伝えられる日をどんなに夢見たことか。俺が婚約者では、だめだろうか？」

まっすぐな青銀色の美しい瞳が、私を捉えた。

あの求婚は父から私を解放するための偽りではなかったの？

ルディさんはあの手紙を本心で書いていた？　私のことを愛している……？

だめなわけがない。だって私は、毎日手紙を届けてくれるルディさんのことを、あの手紙を書いてくれている方のことを――。

「……ありがとうございます。ヴァイゲル様のお気持ち、大変嬉しく思います。ですが、私はあなたには相応しくありません」

「ユリアーネ……」

その人物が同じだったなんて、こんなに嬉しいことはない。けれど、簡単に喜んではいけない。

緩みそうになる気持ちをぐっと抑えて、私は冷静に言葉を紡いだ。

ルディさんはとてもいい人……。だから、人がよすぎるから、家族に虐げられ、婚約者にも捨てられた、こんな私を放っておけないだけなのかもしれない。

ヴァイゲル公爵令息であるルディさんと、今の私とでは釣り合わないということくらい、わかっている。

だから、舞い上がってはいけない。

「……」

それ以上何も言えずに黙り俯く私に、ルディさんがどんな反応を示すのか、今の私には予想できない。

今までの彼のイメージなら、怒り出したりはしないと思う。けれど、彼は公爵家のご令息で、騎士団長様だった。

ドロテアにしたように、私にも丁寧な口調で恐ろしいことを言う？

私はルディさんのことを何も知らない。本名すらも、今初めて知ったのだから。

本当の彼とは、なんなのだろう……。

「……突然すまない。俺は勝手なことを言っているな」

「……」

「だがどうか、今晩はうちへ来てほしい。それからどうするかは君の自由だ。俺と結婚するのが嫌なら、君の自立に協力もしよう」

何を言われるか覚悟したのに、返ってきた言葉は私への理解を示したものだった。

「……そんな、恐れ多いことです。そこまでしていただくわけには……」

「いや、俺がそうしたいんだ。これは俺の望みだ」

「……」

私が彼の言葉を拒否するなど、許されるはずがない。

それなのに、ルディさんはこんな私に、選択肢まで与えてくれるというの？

彼はどこまでいい人なの――。

「この屋敷は徹底的に調べられることになる。君をここに残しては帰れない」

「……わかりました。ヴァイゲル様の寛大なお心遣い、感謝いたします」

有無を言わせぬ口調でそう言われて頷くと、ルディさんはようやくほっとしたように表情を崩した。

「それから、その呼び方はやめてくれ。今まで通り、ルディと気軽に呼んでほしい」

「そういうわけには参りません」

「俺がそう呼べと命令した。みんなにはそう伝えるから」

「……承知いたしました、ルディ様」

「……うーん、いまいち納得できないが」

膝を折って頭を下げた私に、ルディさんは「まぁ、今はいいか」と渋々納得して荷造りしてくるよう言った。

父や母の形見と、着替えが数枚に、ルディさんが書いてくれた手紙。

私の荷物など、それ以外にはほとんどなかったけど、ルディさんはその荷物を受け取り、私を馬車へと誘導してくれた。

床に膝をついて項垂れているドロテアが、今後どうするのかは少し気になる。

けれどドロテアを見つめる視線に気づいたルディさんに名前を呼ばれた私は、はっとしてそのまま家を後にして馬車に乗り込んだ。

新しい生活

ルディさんとともに馬車に乗った私は彼の屋敷へ向かった。

ヴァイゲル公爵家は、代々文武ともに優れた人物を輩出してきた家柄であり、ここドルトルク王国の中枢を掌握してきたと言われている。

そのため公爵家の中でもかなり強い権力を有している。

現ヴァイゲル公爵――つまりルディさんのお父様は宰相を務めているのだとか。

ルディさんはそのヴァイゲル家の次男だった。

この国ではたとえ嫡男ではなくとも、国のために有益な功績を残した者には国王から爵位を与えられることがある。

家柄も申し分なく、騎士団長を務めるルディさんは間違いなく将来有望。

そんな彼が、なぜ私のような者を妻にしようとしたのだろうか。

彼ならば名立たる高位貴族のご令嬢から好きな相手を選べるだろうに。

公爵様は、もっと家を強化できる相手との結婚を望まれるのではないだろうか。

伯爵家の生まれという誇りはあるけれど、実父を亡くし財産も奪われた今の私には、ヴァイゲル家の得になるようなものは何も残っていない。

今後どうするかはゆっくり考えてほしいと、ルディさんは優しく微笑んで、行く当てのない私に、しばらく彼の屋敷で暮らしていいと言ってくれた。

求婚してくれたのに、どうするかは私の自由にしていいと告げるルディさん。

本来なら、彼の求婚をお断りするはずがなかった。

私には、お断りする理由がない。

貴族の結婚など自分の意思でできるものではないと思っていたし、そもそもルディさんが相手で嫌がる女性はいないと思う。

それに何より、私はルディさんに憧れていたのだから。

こうして馬車の中で二人きりになるだけでも、とても緊張する。これは夢なのではないだろうかと思ってしまう。

けれど彼の立場を考えると、手放しに「はい喜んで！」と簡単に頷くわけにはいかない。

実の両親が亡くなり、フレンケル家からも籍を抜いた今の私は、彼に相応しい女性ではないのだから。

それなのに、ルディさんのような素敵な方が私に求婚してくれたのは、きっと手紙の送り主を偽っていたという罪悪感からだと思う。

ルディさんは優しいから……優しすぎるから。だから困っている私を放っておけないんだわ。

私を助けるために、罪滅ぼしで妻に迎えようとしてくれているのだと思う。

でもルディさんにはもっと相応しい相手がいるはず。

ご家族……ヴァイゲル公爵様だって、きっとそう思っているわ。

それなのに私なんかが彼の屋敷でお世話になって、本当にいいのかしら……？

「……」

「ユリアーネ、心配しないで。俺の家族はみんな君を歓迎しているよ」

まるで私の心の中を読んだかのように、今不安に思っていたことを打ち消す言葉を口にするルディさん。

〝なぜです？　そんなはずありません〟

その言葉は喉をつかえて出てこなかったけれど、今夜はルディさんのところでお世話になるしか、他に道がない。

どんな場所でもフレンケル家よりはましだろうと思うけれど、公爵家にあまり迷惑をかけるわけにはいかないから、やはり早く仕事を見つけて出ていかなければ。

そう思いながらも、私はヴァイゲル公爵家へ向かった。

「――おかえりなさいませ、ルディアルト様」

公爵家に着くと、すぐに使用人たちが出迎えてくれた。

王宮からも近く、フレンケル家よりも遥かに大きくて立派な屋敷に、私は思わず息を呑んだ。

やはり私はとんでもない方にご迷惑をかけしてしまったのね……。

「彼女は腕を痛めている。手当てしてほしい」

「かしこまりました。どうぞこちらへ」

「……」

ルディさんの指示で侍女に促され、私は通された一室で手当てを受けた。

とても丁寧なのに、テキパキとしていて動きに無駄がない。さすが、公爵家の使用人。

手当てが終わると侍女は私に一礼し、ルディさんを呼んできた。

「ユリアーネ、疲れているところ悪いが一緒に来てくれ。家族に君を紹介したい」

「……！」

ルディさんは私のもとへ来ると、そう言って手を差し出してきた。

紹介……？　もちろん、お世話になるのだから挨拶の一つくらいしなければならない。

でもやっぱり緊張する。私はルディさんに不釣り合いなことはわかっているけれど、それでもルディさんの家族に嫌な顔をされるのは、できれば見たくない。

それに、その手はなんでしょう……？

「さぁ、どうぞ」

「……はい」

笑顔でもう一度手の平を上に向けてぐっと私に差し出してくるルディさんに、覚悟を決めてお応えする。

エスコートしてくださるなんて……。

家族の方に私をなんと紹介するつもりかしら。

まさか、いきなり〝婚約者です〟なんて言われないわよね？

あたたかいルディさんの手に自分の手を乗せて、私は二つの意味で緊張しながら長い廊下を歩いた。

「――あらルディ、おかえりなさい」

「ただいま戻りました」

到着した広間には、男性が二人と女性が二人。それから五歳くらいの男の子が一人いた。

男性はみんな、ルディさんと似た色の美しい銀髪をしている。

「ルディ！　おかえりー！」

「ああ、カイ。ただいま」

男の子はルディさんを見るなり駆け寄ってくると、脚にしがみつくように抱きついた。

ルディさんが優しく笑って男の子の頭を撫でると、若いほうの女性が「カイ、いらっしゃい」と言ってその子を捕まえた。

「……」

女性と目が合うと、私ににこりと笑みを浮かべてくれる。

とても綺麗な人だわ……。

「みんな集まっているね。紹介します、彼女がユリアーネ嬢です」

「ユリアーネです。このような突然の来訪とご無礼、誠に申し訳なく……」

ルディさんの紹介を受け、深々と頭を下げて膝を折った。

高価な洋服はドロテアに取られてしまっていたから、今の私はこのような高貴な方たちへ挨拶するのに相応しい格好すらしていない。

とても恥ずかしくて、申し訳ない気持ちでいっぱいになる。

「よく来たね、ユリアーネ嬢。どうぞ楽にしてくれ」

「恐縮でございます、ヴァイゲル公爵様」

ルディさんのお父様――ヴァイゲル公爵は、とても穏やかな口調で微笑んでくれた。

「ルディの兄、ローベルトです。こちらは母と妻。それから息子です」

「カイって呼んでね、ユリアーネ！」

「こら、失礼よ」

続いてルディさんのお兄様、ローベルト様がご家族を紹介してくれた。

母親に手を掴まれながら、カイ君はもう片方の手をヒラヒラと振って私に天使のような笑顔を向けてくれた。

「ルディから話は聞いているわ。色々と大変だったでしょう。お部屋を用意してあるから、今日はゆっくり休んでね」

「お気遣いありがとうございます」

「ふふ、そんなにかしこまらなくてもいいのよ。ねぇ、ルディ」

ルディさんのお母様はとても品があり、穏やかな雰囲気の女性だった。それにとても美しくて、どこかルディさんに似ている。

「ああ、俺もそう言ったんだが、彼女の性分らしい。とりあえず、今日はゆっくりするといい」

「はい」

緊張するけれど、ルディさんの笑顔を見ると少しほっとする。

ルディさんがご家族にどのように私のことを話しているのかは明日聞くことにして、今日はお言葉に甘えさせてもらおう。

少なくとも、嫌な顔をしている人は誰もいないことにとても安心した。

もう一度深々と礼をして、侍女の案内で私は立派すぎる客室へと通された。

私にはもったいないくらいの広さがある。しかもテキパキとお茶を用意してくれて、食事も用意するか聞いてくれた。

「他にも必要なものがあればお申し付けください」

「……ありがとう、十分です」

恐縮しながら礼を述べると、彼女も深々と頭を下げて部屋を出ていった。

「……」

お腹が空いているはずだけど、あまり食欲がない。

……今日はとても疲れたわ。

色々なことがあって、長い一日だった。

一人になった途端、どっと疲れが押し寄せて。ふかふかのベッドに身体を倒した私は、いつの間にかそのまま眠りについていた。

布団が心地よかったからか、とてもぐっすり眠った。……やっぱり疲れていたんだと思う。

それでもいつものように日が昇るのと同時に目が覚めて、私は簡単に身支度を整えるとそっと部屋を出た。

いい匂いがするほうへ足を向けると、調理場で使用人たちが忙しなく朝食の準備をしていた。

「これはユリアーネ様、おはようございます」

「……おはようございます」

私の話は通っているらしく、私に気づいた給仕長らしき人が挨拶をしてくれる。

「お目覚めになられたのですね。ルディアルト様はまだお休みですが、よろしければ食堂でお待ちください」

「あの……、もしご迷惑でなければ、何かお手伝いできることはないかしら？」

「とんでもない、あなた様にそのようなことはさせられません」

「そのほうが落ち着くの。もちろん、お邪魔でなければだけど……」

「……では」

昨日までは毎日朝食を作るのが日課となっていた。だから急に何もしなくていいと言われても、逆に落ち着かない。

それに、私は温度保持の魔法が使える。ささやかだけど、少しでもお役に立てるかもしれない。

そう思い、朝食作りのお手伝いをさせてもらうことにした。

朝食の準備が整った頃、ヴァイゲル公爵家の方たちが順番に起きてきてテーブルに着いた。

最初にやってきたのはルディさんで、私を見ると「早いね」と言いながら嬉しそうに微笑んでくれた。

私は本当にルディさんの家にいるのね……。朝から彼の笑顔が見られるなんて。

やっとその実感が湧いたけど、こうしてルディさんと顔を合わせるのは、なんだか不思議な感じがする。

それから一人一人に挨拶をして、促されるままに一緒のテーブルに着いた私は、ヴァイゲル家の方々とともに朝食をいただいた。

ヴァイゲル公爵は、まずベーコンと野菜のスープを一口飲んで、目を瞠った。

「今日のスープはまだあたたかいな。まるで、できたてのようだ」

「実は、今朝はユリアーネ様が料理を手伝ってくださいまして……」

「む？　ユリアーネ嬢が？」

給仕長の言葉に、ヴァイゲル公爵は私に視線を向ける。

「勝手なことをして申し訳ありません。私が無理を言ったのです」

「いや、そんなことを言っているのではないよ。それより、これはどうやって……」

まだあたたかいスープの器に触れて、公爵は不思議そうに唸っている。

それに続くように皆さんもスープを飲んで驚きに目を見開いた。

「ほんとうだ！　それにいつもよりおいしいよ！」

カイ君が嬉しそうに声を上げるのを見て、ルディさんが口を開く。

「彼女の魔法だよ」

「まほう？　すごい！」

「魔法……か。なるほど、これは確かにすごいな」

「いえ、私は温度を保つことができるだけです。そんなに大したことではございません」

ヴァイゲル公爵の言葉に恐縮し、私はすぐに言葉を続けたけれど。

「いや、やはりせっかくこんな力があるのに、もったいないと思うんだ」

「そうだな」

ルディさんの言葉に続くように、ローベルト様が頷いた。

「ユリアーネ嬢。あなたはこの力をもっと活用したいと思わない？」

「えっ？　それは、はい……」

もちろん、魔法にもこの力にも興味はある。それに、もしもこの力が誰かの役に立つなら……。

もっと訓練して、人の役に立ちたい。そうすれば、働き口も見つけやすくなるだろうし。

「では、勉強してみる気はある？」

「勉強……ですか？」

「私は宮廷魔導師団で団長職を担っているのだが、あなたの力はとても興味深い。魔導師団であなたの力を伸ばす協力をさせてほしい」

「宮廷魔導師団で……？」

「ああ」

ローベルト様の言葉に驚き、ルディさんに目を向ける。彼はただ穏やかに微笑みながら頷いている。

「私が、宮廷魔導師団でなんて……。とても光栄なことですが、お恥ずかしながら私にはお金もありませんし……」

「それは構わないよ。あなたのような特別な力を持っている人には、師団長の推薦があればいいからね。それにあなたはフィーメル伯爵の娘だ。身分も保証されている」

「ですが……」

学びたいとは思うけど、もし力を伸ばすことができなかったら……？

やはり大したことはなかったと、この方たちを失望させてしまうのではないだろうか。

「ユリアーネ。君がやってみたいか、やりたくないか、それだけの話だよ」

「……」

俯く私にそう声をかけてくれたルディさんのあたたかな視線に勇気をもらい、私はローベルト様に向き直って頷いた。

「学んでみたいです。どうぞ、よろしくお願いいたします！」

「うん、では早速そのように話を通しておこう」

ルディさんを少しだけ細くしたような体軀に、同じ青銀色の瞳と、同色の銀髪をひとつに束ねているローベルト様は、ルディさんに似た笑顔を浮かべてくれた。

本当に、感謝してもしきれないわ。そう思いながら頭を下げて、私は思ってもみなかった事態に胸を熱くさせた。

ルディの事情1

あれは俺がユリアーネに手紙を届けていた頃――カールが彼女に手紙を書かなくなって、ふた月になった頃だった。

その日俺はヴァイゲル公爵家の一室で、ぼんやりと夜空に浮かぶ月を眺めていた。

いつまでもそこで俺を見下ろしている、満月でもなく、三日月でもない中途半端な形をした月を、どれくらいの間こうして眺めているだろう。

「はぁ……」

「相当重症だな」

頬杖をつき窓の外ばかり見つめて溜め息をつく俺に、兄のローベルトはブランデーを口に含んで微笑む。

「そんなに惚れてしまったのなら、連れてくればいい」

「そういうわけにはいかない。彼女は騎士団候補生の婚約者だ」

「グレルマン伯爵の三男だったか？　その相手ならどうにかすることも可能だぞ。それにあの男はじきに音を上げるだろう。むしろ、そうなる前に彼女を救ってやれ」

「……」

魔導師団で団長を務めている兄の言葉を、俺は否定することができない。

今まで何十人、何百人もの候補生を見てきているので、半年も経てば挫折してしまいそうな者は予想がつく。

そんな兄から放たれる悪魔の囁きに、何度そうしてしまおうと思ったことか。

このヴァイゲル公爵家の力があれば、確かに伯爵家三男の縁談の一つくらいは潰すことができるだろう。

正直、グレルマン家の三男、カールは女性から見てそれほど魅力的な男だとは思えなかった。

だが彼女は、カールとの結婚を楽しみにしていた。

伯爵令嬢である彼女が、家柄や金、将来性に実力、見た目においても（まぁ会ったことはないらしいが）、彼にこだわる理由は見つからない。

着飾ってはいないが、彼女は美しい人だ。

それなりの格好をして社交の場に出れば、高位貴族の嫡男や伯爵家以上の相手など簡単に見つかりそうなものなのに。

それでもカールとの結婚を心待ちにしている理由は、なんだろうかと考える。

カールに強みがあるとすれば、親に決められた会ったこともない相手を安心させるために書いている、〝手紙〟くらいか。

だが彼の書く手紙の内容がそれほど魅力的なものだったのかも、今となっては疑わしい。

カールは唯一の強みと言える手紙すらも、書かなくなったのだから。

今では俺がカールの名を騙り彼女に手紙を書いているが、彼女の反応は明らかに今のほうがいい。

だから、彼女はあの家を早く出たくて、結婚を心待ちにしているのだと——そう感じた。

フレンケル伯爵にはよくない噂がある。

俺が手紙を届ける時間、彼女はいつも一人で掃除をしている。その身なりも伯爵令嬢らしからぬ、安物の服に身を包んでいるのだ。髪や爪も手入れされず、荒れている。

それでも彼女は俺が手紙を届けると、とても嬉しそうに笑って迎えてくれた。

着飾ってなどいなくても、途端にその笑顔が彼女を華やかに輝かせる。

彼女の笑顔は俺に媚びを売るために作られたものではない。心からの喜びが顔に表れているだけだ。

だからこそ、美しい。

彼女と会ったことすらない男に負ける気はしないが、彼女がカール自身ではなく、その手紙に恋をしていることは見ていて明らかだった。

つまりは〝俺〟なのだが、彼女はそうだと思っていない。

俺に向けられているその笑顔が、俺ではなく婚約者に向けられているということはわかっていても、他の貴族令嬢とは明らかに違う彼女のことを、俺はいつしか想うようになってしまった。

「おまえがそれほど気にする女性は初めてだろう？」

「まぁ、そうだな……」

兄は高価なグラスに見合うブランデーをひと舐めし、俺に囁く。

「私も興味深いな。ルディが惹かれる女性がどんな人か」

「……一見素朴で飾らない、貴族令嬢らしからぬ娘だ。だが健気でひたむきな……とても綺麗な娘でもある」

「ふぅん」

「それに笑うととても可愛らしいんだ。まるで天使か女神かと思うほどに。俺に媚びてこないところも好感が持てる。まぁ、俺のことを知らないのだろうが」

「知らなくてもおまえのその顔は隠せるものではないだろ？」

「……」

父や母のおかげで、俺は容姿にも恵まれて生まれた。そんなことにはあまり興味なかったが、俺は家名を隠していてもモテるらしいと気づいたのは、十五くらいのときだっただろうか。

貴族の女性は金や権力がとにかく好きだ。

それを悪いとは思わない。家のためにそういう男を選ぶ者もいるだろうし、よりよい相手と結婚したいと考えるのは自然なことだ。

それでいうと、この家に生まれてしまった俺も兄も貴族令嬢たちに言い寄られるのは当然なのだが、俺はどうしてもそういう女性たちと結婚するということが、考えられなかった。

作られた笑顔の裏で、何を考えているのかわかったものではない。他人を蹴落とし、陥れてでも自分が我先に俺の目に留まろうとする姿は、どんなに着飾ろうとも醜くすら映った。

そのような女性と暮らし子供を作るなど、考えただけでも気持ちが悪い。

中には婚約者がいても俺に見初められないかとアピールしてくる者までいた。

そういう点で、ユリアーネにはそれがなかっただけでも、最初から好感が持てていた。

饒舌に語る俺に笑みを浮かべ、兄は少し身を乗り出して言った。

「しかしその娘はフレンケル伯爵の義娘だろう？」

「……ああ。いつも掃除をしているし、やはり様子がおかしいので調べているところだ」

「私にも力になれることがあれば言ってくれ」

「ありがとう、兄上」

兄は、「可愛い弟の幸せのためならなんでもするさ」と言ってグラスに残っていたブランデーを飲み干した。

最初は、本当に見回りのついでに部下の婚約者に手紙を届けるだけのつもりだった。

候補生は一年間王宮を出られないので、家族や恋人に手紙を書く者が多いのだが、それらを回収して配達所に届ける係の者が、体調を崩してしまった。

カールは、顔も知らない婚約者にすぐに手紙が届けられないことをとても気にしていた。そんな姿をたまたま目にした俺が、見回りのついでに手紙を届けてやることにしたのだ。

ちょうど、フレンケル伯爵のよくない噂が耳に届いていたことも理由の一つではある。ついでに様子を見てこようと思ったのだが、伯爵家の馬車寄せを掃除していたのが使用人ではなく、カールの婚約者、ユリアーネ嬢だと知り、それからも偵察を兼ねて手紙を届けることにした。

彼女は毎日掃除をしていた。手も荒れていたし、他に使用人がいないのだろう。しかし、なぜ伯爵令嬢である彼女がこんなことを――？

その疑問の答えは、すぐに想像できる。

だが義父から酷い扱いを受けているだろう彼女は、いつも明るく笑って前を向いていた。

ユリアーネは今まで見てきた貴族令嬢の誰とも違い、ひたむきでまっすぐだった。

弱音を吐かず、貴族令嬢としての誇りも感じさせる彼女に、健気さすら感じる。

そうしてほぼ毎日のようにユリアーネと顔を合わせるにつれ、俺は次第に彼女に惹かれていった。

しかし、カールが手紙を書くことをやめてしまったため、俺もユリアーネに会う理由がなくなった。それでも水面下にフレンケル伯爵についての調査は行っていたが、伯爵が悪事を働いているという具体的な証拠はなかなか出てこなかった。

そしてひと月が経った頃、久しぶりに様子を見に行った彼女の姿を見て、ただ笑っていてほしいという安易な気持ちから、俺はカールの名を騙って手紙を書いた。

彼女を想って筆を走らせれば、どんどん自分の想いが溢れてしまう。

婚約者のふりをして、彼女に想いを伝えることができることに、喜びすら感じた。

こんなこと、間違っているとわかりながら。俺の手紙に頬を染めるユリアーネを見て、真実を告げることなどできなくなってしまった。

彼女を救ってやりたい。その笑顔を俺に向けさせたい。俺が守ってやりたい――。

心からそう感じてしまうのに、時間はかからなかった。

俺は、ユリアーネに恋をしたのだ。

それでも彼女はまだ部下の婚約者。

ユリアーネには幸せになってほしい。しかしカールには不安がある。俺が手を回せば簡単に奪えてしまうだろうが、だからこそ早まってはならないと葛藤する日々を送った。

俺が彼女に会えるのは春までだ。

それまでに彼女の婚約者、カール・グレルマンを立派な騎士に育て上げることが、俺ができる彼女を幸せにしてやれる唯一の方法だ。

そう言い聞かせ、候補生の育成に励んだ。

しかし、結局そのままカールの名を騙って手紙を書き続け、真実を彼女に告げることができないまま、彼の見習い期間が終わるまであとひと月と迫っていた頃。

カールから婚約破棄の手紙が届いたとユリアーネの口から聞いたときは、驚きと困惑に一瞬頭の中が真っ白になった。

それと同時に俺がしてきたことにも気づいてしまったようで、自分が喜んでいた手紙は偽りだったのかと、彼女は俺の前で大粒の涙をこぼした。

決して嘘ではなかった。

婚約者からではなかったとしても、その手紙に綴った言葉に、気持ちに、嘘はない。

それでも彼女が苦しそうに涙をこぼす姿を見て、俺の胸は本当に張り裂けてしまったのかと思うほどに痛んだ。

だが、彼女の胸はもっと痛んだだろう。

ただ笑っていてほしかっただけなのに。俺は守りたかった女性を、自分の手で傷つけてしまった。

有無を言わさず抱きしめて、そのまま自分の家に連れ帰ってしまいたくなる衝動に駆られた。

だが、ただ一言〝お帰りください〟と告げて俯くユリアーネに謝ることしかできず、俺は涙を流す彼女を置いてフレンケル家をあとにした。

しかしこれでやるべきことは決まった。

もう、誰に気遣う必要も、迷う必要もない。

俺がやるべきことは一つだ。

偶然にも、この日、ユリアーネが母親から相続したはずの財産をフレンケルが不当に横領していたという証拠も突き止めた。これで奴を虐待と横領の罪で拘束できる。

俺はフレンケルから彼女を解放するための書類も、カールとの婚約を白紙に戻す書類も、彼女が住む部屋も用意して、その日のうちにもう一度ユリアーネのもとを訪れた。

フレンケル家からは、聞くに堪えない罵声と暴力を振るうような音が外まで聞こえてきた。

彼女が酷い仕打ちを受けている――。

それを感じ、すぐに馬から降りると部下とともに玄関へ向かった。

玄関先に立つと更に聞こえてきたユリアーネに向けられた酷い言葉に、俺は怒りで震えた。

こんな家、今すぐ俺が潰してやる……‼

しかしうち震える感情をなんとか抑えつつ、「こんばんは」と努めて冷静に声をかけ、醜く肥えたフレンケルが扉を開けるのと同時に、名乗りもせずに急いで中へと足を進めた。

フレンケルのことはすぐにでもたたき斬ってやりたかったが、まずはサインだ。カールとの婚約を白紙にし、ユリアーネの籍をフレンケルから抜く。

彼女にとって、今はこの家を出ていくための口実だとしてもいい。それでも俺は彼女を救いたい。

必ずこうなってよかったと思える日が来るよう、全力で彼女を支えていく覚悟はできている。そのためならなんだってやる。

だからユリアーネに想いを伝えて求婚し、俺の家に連れ帰った。彼女はまだ困惑している様子だったが。

俺もユリアーネを悲しませてしまった人間の一人だ。いつか俺を許してくれるその日まで、彼女が俺を受け入れてくれるその日まで――いつまでも待とう。

本来受けて当然の待遇でユリアーネを迎え入れ、俺は明日からの日々に期待と覚悟を持ち、気を引きしめた。

翌日仕事から戻ると、母と義姉はとても誇らしげな笑顔でユリアーネを挟んで俺を出迎えた。

「おかえりなさいませ、ルディアルト様……」

「…………」

二人の誇らしげな表情の理由は、ユリアーネを見てすぐに理解した。

〝ルディアルト様〟と呼ばれたことにすら何も言えなかったのは、ユリアーネが見違えるほど美しくなっていたから。

いや、元々彼女は美人だ。飾らない美しさを持っている女性だった。

しかし、本来なら伯爵令嬢として受けて当然の扱いを受けていなかっただろう彼女は、髪も爪も手も荒れていたし、服も流行遅れの古びた安物を着ていた。

それをたぶん、この二人が一日がかりで磨き上げたのだろう。

うちにはヘアケア、ネイルケア、ボディケアなどの専門知識を持った薬師がいる。

その薬師が煎じた特別なオイルを惜しみなく使ったのだろう。

愛らしいベージュの長い髪はふんわりとしながらもサラサラと揺れ、思わず手を伸ばして触れてみたくなってしまった。

肌艶もよく、とてもなめらかで美しい。

少しだけ化粧をしているのだろうか。いつもより魅力的に俺を挑発してくるような彼女の大きな蜂蜜色の瞳と、潤いのある薄紅色の唇。

昨日の今日だから、とりあえずサイズの合う中から選んだのだろう既製品らしきドレスも、派手ではないが彼女の美しさを際立たせていた。

ユリアーネは元々可愛らしい人だったが、とても美しくなっていた。

「どう？　ルディ。ユリアちゃん、とっても素敵でしょう？」

「ああ……、本当に」

俺の反応に満足気に顔を見合わせる母と義姉。

恥ずかしげに俯くユリアーネ。

そんな彼女に触れて、もっと近くでよく見たい。

しかしそれはまだ叶わない。

「ふふふ、ルディったら、照れてるわね」

……この二人は、俺にどうしろというのだ。

にやけてしまいそうになる口元を隠すように手を当て、しっかりと彼女の姿を眺めてこの目に焼き付けておいた。

魔導師団

ヴァイゲル家に来て二日目。ルディさんとローベルト様とともに、私は王宮へ向かうことになった。

ローベルト様が紹介してくれたのは、魔導師団副団長のフリッツ・ノードという方。

年齢は二十歳と若く、人懐こい顔つきの深緑色の髪と瞳をした好青年。

「師団長から話は聞いてるよ。まずは君の力を見せてほしい」

副師団長様は魔導師棟の一室に私を連れていくと、軽い口調でそう言った。

ここは副師団長専用の実験室らしく、そんなに広さはないけれど、薬草や薬品、実験に使用する器具なんかが一通り揃っているみたい。

既に私の力がどのようなものか話は聞いているようで、わかりやすいようにとお鍋に入った水が用意されていた。

「今からこれを火にかけるから、沸騰しないようにしてほしい。できる？」

「……はい」

いつも料理に使うのはどちらかというと逆のことだけど、要領は同じなのだからできると思う。

言われた通りお水に魔法をかけて、その冷たさを保つようにした。

「……ふーん。本当にいつまで経っても水のままだ。これはすごい」

十分経っても二十分経っても温度が変わらないことに、フリッツ様は驚いたように唸っている。

「それほどすごいことではございません……何もないところから水やお湯を出せるわけでもないですし、もっとすごい魔法を使える方はたくさんいらっしゃいますよね？」

ルディさんといい、ローベルト様といい、このフリッツ様といい。なぜそうまでも感心するのだろうかと、逆に恥ずかしくなってしまう。

義父はこの力を「地味な魔法だ」と、馬鹿にしていた。

けれど私の反応を見てフリッツ様は「いやいや！」と声を張った。

「それは確かに、もっと派手な魔法を使える者はいる。でもこれは、とても貴重な力だよ。今までは何も勉強せずに料理にだけ使っていたんだって？」

「はい……」

「それは本当にもったいない！　これはきっと磨けば光るよ‼」

「……」

彼の迫力に圧倒されて、身体が後ろに反り返る。

「今は保持しかできないんだってね」

「……はい、調整することはできません」

「うん。でもそれも練習次第でできるようになるだろうね」

フリッツ様は、「他にももっと多くの人の役に立つ力になるかもしれない」と、とても楽しそうに呟いた。

「久しぶりにすごくやる気が出てきた……！　僕のことはフリッツって気軽に呼んでいいから。敬称もいらないよ。僕もユリアって呼んでいい？」

「え……っ、は、はい」

「それじゃあこれからよろしくね、ユリア！」

「……よろしくお願いいたします、フリッツ……さん」

にこり、ととても可愛らしく微笑んで手を差し出され、それにお応えすると力強く握ってぶんぶんと振られた。

その笑顔に私も釣られて微笑んで、この先の未来に期待して胸を弾ませる。

「それじゃあ、頼んだよ。フリッツ」

「はい！　お任せください！」

張り切っているフリッツさんを見て、ローベルト様は小さく笑みを浮かべると安心したように部屋を出ていった。

本当にフリッツさんの言うように、人の役に立つような力が目覚めるかはわからないけれど、頑張ってみようと思う。

それから魔法学の先生を紹介され、私はこれから実技と学科の両方から魔法を学んでいくことになった。

ついこの間までの生活からは考えられないようなことが起きている。

王宮で、私専属の講師がついて魔法を学ぶことができるなんて。

顔も知らない相手と婚約をした一年前の私は想像もしていなかった。

あの家から出るために誰でもいいから結婚して、その相手のためにひっそりと生きていく。

それが私の幸せだと、義務だと、思っていたのに。

こうして新たな道が開けたのも、ルディさんのおかげだわ。

本当に、彼には最初から感謝してもしきれないほど恩を感じている。

これ以上迷惑をかけないようにと思っていたけれど、もし叶うのならルディさんの役に立ちたいと思う。

この恩を返せるのなら、それほど嬉しいことはないのだから。


それからはヴァイゲル家でお世話になりながら、毎日王宮に通って魔法を勉強する日々が続いた。

ローベルト様は、「魔導師見習いの面倒を見るのも師団長である私の役目だよ」と言ってくれたけど、ヴァイゲル家にただでお世話になるのは心苦しい。なので、食事の準備だけは手伝わせてもらっている。

やはりこの力を役立てる最高の機会は、今のところ料理にある。

フリッツさんとの訓練のおかげで、少しずつできることも増えてきた。

訓練を初めて二週間で、私は火を使わずに水をお湯に変えられるようになった。

それに食材の鮮度も保つことができるから、使用人たちはとても喜んでくれた。

もちろん食事をするルディさんや皆さんも、前より新鮮であたたかい料理を食べることができるようになったと、感謝してくれた。

本当に少しだけど、お役に立つことができてよかった。

ヴァイゲル家の方たちは私の知っている……フレンケルのような貴族とは違う。

それよりも高位であるのに、偉ぶることなく、とても優しく、他人に思いやりを持っている。

私利私欲にまみれたフレンケルとは比べようもない。

それでもルディさんの正式な婚約者ではない私は居候という立場をわきまえて生活を送っていたけれど、ヴァイゲル公爵をはじめとしたこの屋敷の方たちは、『なんの遠慮もいらないよ。私たちを本当の家族だと思って』と言って、家族がともにする場に必ず私を誘ってくれた。

あの日、ルディさんは「結婚したい女性ができたから紹介したい」と、家族に私の事情を説明したようだ。

私の事情を聞いても反対されなかったなんて信じ難いけど、どうやらそれは本当みたい。

ルディさんといい、この家の方たちは本当にいい人ばかりで、胸がとてもあたたかくなる。

ご家族がこう言ってくれるのなら、私はルディさんのお気持ちにお応えしてもいいのだろうか……？

つい、そんなことを考えてしまった。

＊

あたたかく穏やかな気候が続き、草木が芽吹いて花を咲かせる。

季節はすっかり春を迎えていた。

「――うん、いいね！　だいぶ早くなってきたし、安定もしてきた」

「はい、フリッツさんのおかげです」

その日も私は王宮でフリッツさんと魔法の実践訓練を行っていた。

温度保持しかできなかった私だけど、今は温度を自在に調整する練習を行っている。

フリッツさんは軽い印象の見た目とは異なり、とても優秀な魔導師らしい。

副師団長を務めているのだからそれは当然なのだろうけれど、私はまだ彼らの実践訓練などは見たことがない。

「休憩にしようか」と話していたところで、実験室の扉がノックされ「ユリアーネ」とドアの外から声がした。この声はルディさんだわ。

「お疲れ様。まだ訓練中だった？」

扉を開けて入ってきたのは、やっぱりルディさんだった。

「いえ、ちょうどこれから休憩しようとしていたところです」

長身に、綺麗な銀髪。白を基調とした清潔感のある騎士服に、端麗なお顔立ち。

彼が魔導師棟にいるととても目立つ。

それに、何かキラキラとしたオーラが見えるような気がするのは、気のせい……？

「そうか。では昼食を一緒にどう？」

「昼食……」

ルディさんのお誘いに、私はフリッツさんにちらりと視線を向けた。

「せっかく団長殿がお誘いしてくれてるんだから、行っておいでよ」

「……はい、ありがとうございます」

昼食はいつも、魔導師団が使っている食堂でとっている。

ここは騎士団の方たちが使っている棟とは少し離れていて、騎士団の方は騎士団棟にある別の食堂を使っているはず。

もちろんその食堂を他の者が使ってはいけないなんていうルールはないけれど、魔導師団員の方たちは内気な方が多く、わざわざ別の棟へ行って食事することはほとんどない。

だから私も自然と魔導師団の食堂で昼食をとっていたけれど、今日はルディさんが誘いに来てくれた。

最近はルディさんと二人でお話しする機会が減っていたし、騎士団の方たちが使っている食堂のほうが大きいということなので、行ってみたいとも思っていたから嬉しい。

「――ルディアルト様はいつもこちらの食堂で昼食を召し上がっているのですか？」

「ああ、まぁそうだが……それよりその呼び方は何かな？　今まで通りでいいって言ったのに。急にかしこまられるのは嫌だなぁ」

「……はい。すみません、ルディ様」

「ルディ」

「……ルディ、さん」

「本当はそれもいらないくらいなんだけど。それはそのうちね？」

「…………努力します」

「うん、頑張って」

ヴァイゲル公爵令息で、騎士団長であるルディさんを呼び捨てにする日が来るわけないのに。なんだか嬉しそうだから、それは心の中だけに留めておいた。

そもそも王宮内で彼をこんなふうに軽々しく呼び続けて本当にいいのだろうかと困惑しながらも、到着した大食堂に思わず感嘆の息が漏れた。

魔導師団の食堂の、何倍もある。とても広い。

それに、騎士の方がたくさんいる。

「――ここでの生活はどう？　少しは慣れたかな？」

空いている席を見つけて向かい合って座り、ルディさんと同じ、野菜たっぷりの豆シチューをいただく。

「はい。おかげさまで。皆さんとてもいい方ばかりですし」

「そうか。それはよかった。兄上から聞いているよ。ユリアーネも随分頑張っているようだね」

「いいえ、まだまだです」

ルディさんはいつもと変わらない穏やかな笑みを浮かべて話しかけてくれるけど、私には先ほどから気になることがある。

……周囲から、ものすごく視線を感じる。

私は今魔導師団の制服を着ているから、そのせいかしら……？

やっぱりこの場所に魔導師団の者がいるのが、珍しいのかな。

それとも……。

「……」

シチューを口に運ぶルディさんをちらりと盗み見て、考える。

そのお顔は本当に整っていて、美しい。

王宮内では〝騎士団長〟のオーラをまとっているような気がするし、なんとなく隙がない。

じっと見つめていたら、ふと顔を上げたルディさんと視線が合った。

「……どうかした？　もしかして口に合わなかった？」

「いえ！　美味しいです！」

恥ずかしくなってしまい、すぐに目を逸らしてスプーンを口へ運ぶ。

それにしても、やっぱりこの棟は騎士の方が多い。

今はお昼時だし、特に集まっているのだろう。

たくさんの騎士たちの視線を集めていることに、私はあることを思い出した。

元婚約者の、カール・グレルマンもいるのかしら――。

一方的に婚約破棄の手紙を送り付けられたけど、彼はその後どうなったのだろうか。

ルディさんの話では、カール様との婚約は正式に白紙になったということだけど、理由すらまともに聞いていないから少しもやもやする。

結局お互いに顔も知らないし、今となってはそんなことはどうでもよかったりするのだけど、少しだけ……本当に少しだけ、気になる。

「ユリアーネ？」

「ごめんなさい……！」

再び手を止めてしまった私に、心配そうに声をかけてくれるルディさん。

「……いや、こっちこそ。少し落ち着かないな。食事が済んだら外で話そうか」

「はい」

周囲から向けられている視線にはルディさんも当然気づいているわよね。気にしないようにしていたみたいだけど、これではゆっくり話もできない。

そういうわけで、私は急いで残りのシチューを口にした。


「――ここで話そうか」

「はい」

庭に出て、辺りに人のいない静かな場所でベンチに座るよう私を促すルディさん。

「すまない、急に君をあんな場所へ誘うのはまずかったね」

「やはり、魔導師の制服を着ていたからでしょうか？」

「それも少しはあるが……」

「……？」

隣に座って、ルディさんは言いにくそうに私から視線を外した。

「──いたいた！　探したぞ、ルディ！」

「……！」

どうしたのだろうとルディさんの様子を窺っていると、突然背後から男性の大きな声が聞こえてびくりと肩が揺れる。

「おまえが堂々と婚約者を連れているとはな！」

「ハンス……」

「第二騎士団の奴らが〝ルディアルト団長が女を連れて食堂にいる〟と騒いでいたから、見に来たんだ」

びっくりした……。いつの間に現れたのかしら。全然気配がなかったわ。

振り返ると、ルディさんよりも大きくて筋骨隆々の、黒髪の騎士様が立っていた。

「いけないか、俺が誰かと食事をしていては」

「そうじゃないが、おまえは目立つからな。第三騎士団団長様を落とした女性がどんな人か、みんな興味があるんだよ」

「……」

ニッと口角を上げて私をじろじろと見てくる体格のいいその方は、黒を基調とした騎士服を着ている。

王宮騎士団は部隊によって制服の色が違うのだけど、黒は確か第二騎士団。

それにしても、団長であるルディさんとても親しげに話されている……。もしかしてご友人なのかしら？

そう思って制服をよく見たら、ルディさんと同じように、左胸のところに団長職を表す金色の階級章が付いていた。

ルディさんは二十三歳という若さで団長職に就いている、優秀な方。この方のほうが少し年上だと思うけど……仲はよさそうに見える。

「初めまして、ユリアーネと申します」

「ハンス・クリューガーです。どうぞ、ハンスとお呼びください」

ベンチから立ち上がり、膝を折って会釈をする。するとハンス様も胸に手を当てて紳士らしく応えてくれた。

「ハンスは第二騎士団の団長だ」

やっぱり、第二騎士団の団長様なのね。

「あなたがルディを落としたご令嬢？」

「そんな、落としただなんて……！　とんでもないことです」

「ハンス、彼女に対して失礼な物言いはやめてくれ」

「ははっ、噂は本当のようだな。第三騎士団団長がついに結婚を決めたって、社交界の女たちが

泣いていたぞ？」

「だから、そういう冗談はやめろ」

困ったように頭を抱えるルディさんと、豪快に笑うハンス様。

……きっと、冗談ではないのだろうなと思う。

「あなたも大変だな。こんな男に惚れられてしまったら」

「ルディアルト様には大変よくしていただいておりますが、私はまだ正式な婚約者ではございません」

「……ほう。なんだルディ、おまえ振られたのか？」

私にもう一度座るように促すと、自分もその隣にどかりと腰を下ろすハンス様。私はルディさんとハンス様に挟まれるかたちになってしまった。

「くくくっ、ルディが女に振られるとは…………これは傑作だ、面白い」

ハンス様がルディさんに話しかけるために身体を乗り出したから、その距離が近くて私は反射的に身を引いた。

「まだそうと決まったわけではない！　……そうだよね、ユリアーネ」

「……え、ええ」

ルディさんに名前を呼ばれた私は反射的にそちらを向いて、今度は彼との距離が近いことに動揺した。

「しつこい男は嫌われるぞ？　ユリアーネ嬢、こいつより、今度俺とデートしないか？」

「えっ？」

「ハンス……！　貴様‼」

「ははははは！　おまえのそんな顔を見られる日が来ようとは」

私を挟んで会話する二人の距離がどんどん縮まり、逃げ場がなくなってしまう。左に寄ればルディさんに触れてしまう。けれど右からはハンス様が迫ってきている。

ああ、もう。この状況はなんなのでしょう……。

「まぁいい。今後ともどうぞ、お見知りおきを」

「……！」

ハンス様がようやくベンチから立ち上がったと思ったら。正面に回って膝を折り、私の手の甲を取って唇を当てる仕草を見せた。

「ハンス……‼」

ルディさんはハンス様を睨みつけ、素早く腰の剣に手をかけた。

「おまえのそういう、余裕のない顔は久しぶりだぞ。あー、楽しかった。またな、ルディ、ユリアーネ嬢」

「……」

すぐに私の手を離し、愉快そうに笑いながらハンス様は城内へと戻っていった。

「すまない、悪い奴ではないんだが……いや、君の手にいきなり口づけるとは、許せんな」

溜め息をつきながら、剣から手を離すルディさん。

「いえ、あれは触れるふりだけです。実際には触れませんでしたので……」

「それでもいきなり手を取るとは、やはり許せん」

私の言葉に一瞬安堵の色を浮かべた後、再び怒りを滲ませるルディさん。

なんとなく二人の関係性がわかった気がする。

「……ハンス様もご結婚はされていないのですか？」

「ああ、人のことを散々言っているがな。彼も良家の生まれだから避けては通れないだろうが、俺と同じ次男だからね。その点は助かっているのだろう」

まるで自分のことのように口にするルディさんに、きっと境遇が似ていて本当は仲がいいのだと思った。

「……婚約者といえば、君には伝えておいたほうがいいと思うんだが」

「はい……？」

ふと神妙な面持ちになるルディさんに、私も真剣に彼と向き合った。

「君の元婚約者、カール・グレルマンのことだ」

「……」

その名前に、少しだけ鼓動が跳ねる。

彼はやはり予定通り騎士団に入団したのだろうか。もしかして、第三騎士団の所属になっていたりして……。

「もし君が聞きたくないのなら話さないが、どうする？」

「……教えてください！」

伝える前に確認してくれるルディさんの優しさに、私は覚悟を決めた。

「わかった。ではまずは、なぜ彼が君に婚約破棄を申し出たか、だが」

「……はい」

「君には少々残酷な話になる」

「大丈夫です。覚悟はできています」

まっすぐにルディさんを見据えると、彼も小さく頷き、再び話し始めた。

「実は、カール・グレルマンは王宮に仕え始めて一年目の女官に……手を出したんだ」

「え……」

「俺たちの監督不行き届きでもある。改めて君に謝罪させてほしい」

私から目を逸らすことなく、様子を窺うように話すルディさん。

きっと私が嫌な顔をすれば、すぐに話すのをやめるつもりなのだろう。

「……いいえ、誰にも気づかれなかったのですよね？　何人もいる教官たちの目を盗んで、彼は
そんなことを……？」

「情けないが、その通りだ。女性のほうが体調を崩し、それが発覚した」

「体調を崩した……まさか」

身篭もったということ――？

思わず驚きに目を見開く私に、ルディさんは小さく頷いた。

「それが問題となり、彼は騎士にはなれなかった。だがあの様子だと、どのみち適性試験に受かっていたかもわからないが」

カール様は、訓練で相当疲弊していたらしい。ストレスもかなり溜まっていたのだとか。

だからといって、許される話ではないけれど。

「それで、その女性の方は？」

「どうやら彼女は自分を好いてくれている伯爵家の彼に、望んで身を任せたようだ。だから二人とも王宮からは追放されている。カールはグレルマン伯爵からも勘当されたと聞いているが、その後どこへ行ったかまでは聞いていない。もしも君が望むなら調べさせるが」

「いいえ……もう十分です。教えてくださりありがとうございます」

ルディさんは、日に日にやる気がなくなっていく彼がいつか改心してくれることを願ってくれていたらしい。

けれどまさか、王宮の新人女官に手を出すとは……そこまでは予想できなかったと。

もし先にわかっていたら、カールが婚約破棄を言い出す前に私との婚約を白紙にさせていたと、ルディさんは話してくれた。


「――おかえり、ユリア。団長殿とのランチデートは楽しかった？」

「……」

ルディさんに魔導師団の棟まで送っていただき、フリッツさんの実験室へ入ると、とても素敵な笑顔のフリッツさんが待っていた。

「でも本当だったんだね。第三騎士団の堅物・ルディアルト団長が結婚を決めたっていうのは」

「……まだ正式な婚約者じゃないですけど」

「ということは、その相手はやっぱりユリアで間違いないようだね！」

「………………」

はめられた気がする……。

私を自分の向かいに座らせると、フリッツさんはとても楽しそうに瞳を輝かせて身を乗り出してきた。

「その噂と、師団長が君を連れてきたのがほぼ同じタイミングだったから、もしかして？　とは思ってたんだよね～。でもあのルディアルト団長をどうやって落としたの？」

「ですから、落としたわけではありません……！　ちょっと訳があって、一年前から接点ができただけです」

「ふーん。でも団長さんのあの顔を見るに、やっぱり向こうは君にベタ惚れのようだけど。初めて見たよ、ルディアルト団長のあんな笑顔」

「……」

改めてそんなことを言われると、少し恥ずかしい。

それに、フリッツさんが知っているということは、この噂は騎士団だけに留まってはいないのね。

魔導師団のみんなにそういう目で見られるのは少しやりにくいかも……。

そう思いながらも、気を取り直して午後の訓練を開始した。

＊

あれから時々、ルディさんと王宮で一緒に昼食をとるようになった。

騎士団の方たちが使う大食堂では、なぜかハンス第二騎士団団長が加わって三人で食べることもあるけれど、ルディさんが魔導師団の食堂に来てくれることもある。

それはそれで、少し……いや、かなり目立っているのだけれど、魔導師団長でルディさんの兄でもあるローベルト様が加わることもあり、賑やかで楽しい昼食の時間を過ごすことができている。

……けれど王宮でルディさんと一緒にいる時間が増えると、〝第三騎士団団長ルディアルトを落とした女〟という噂が、どんどん広まってしまった。

私はルディさんのことを侮っていたのかもしれない。

ルディさんが素敵な団長様だということは、王宮に来る前からわかっていた。

ヴァイゲル公爵家にあの容姿で生まれてきた彼の周りには、昔からその妻の座を狙うご令嬢たちが絶えず集まってきていたようだ。

そのことにうんざりし、次男であるのをいいことに、自分は誰とも結婚しないと公言していたのだそう。

長男のローベルト様は親が決めた相手と結婚し、男の子も生まれている。

跡継ぎ問題もないので、ルディさんはある程度自由を許されていたようだけど……。そんなルディさんが突然婚約者を迎え、既に屋敷に住まわせているという話は、貴族たちが集まる社交界で噂の的になっているらしい。

そして最近、魔導師団の棟にやってくる貴族令嬢が増えたような気がする。

どうやら元々彼を狙っていたご令嬢たちらしいのだけれど、私を見るためにわざわざやってきているのだろうか。

いずれにしても、とても痛い視線を浴びているのは間違いない。

けれど目が合うとどの方もさっと視線を逸らしてしまう。決して話しかけてくることはない。

何か言いたいことがあるのなら直接言ってくれればいいのに……。

もやもやとしたものを抱えながらもできるだけ気にしないようにして、私は自分のやるべきことに集中した。

けれど——。

ある朝、魔導室にやってくると、私のローブがぼろぼろに引き裂かれていた。

せっかくローベルト様のご厚意で、魔導師団の制服とローブをお借りしていたのに。

「……どうしましょう」

ここまでぼろぼろにされて、元に戻せるかしら……？

かなり悲惨な姿になってしまったけれど、以前にもよくドロテアの嫌がらせでドレスをこんなふうに破かれたことがあったので、今でもちょっとした裁縫セットは持ち歩いている。

……うん、きっと大丈夫。縫い直せばそれなりに使えるようになるわ。

よし！　と気合を入れて、私は久しぶりに裁縫道具を取り出した。

ずっとやってきたことだからか、まったく苦ではない。むしろ裁縫は好きだから、なんだか落ち着く時間ですらある。

ものを大切に扱わない人がいるのは許し難いけど、私はこれくらいでへこたれるような女ではない。

空き時間や就寝前の時間を使って、なんとかローブは見られるくらいにはなった。

少し不格好になってしまったけれど、私にはお似合いかもね。

そんなことを心の中で思いながら、今日も魔法の勉強に励む。

「――ユリアーネ、そのローブはいったいどうしたんだ？」

その日も昼食はルディさんと一緒に食べることにした。

今日は大食堂で食べようかと誘われて二人で歩いていると、ルディさんはすぐに私のローブの異変に気づいてしまった。

「少し破けてしまったので自分で縫って直してみたのですが……、やっぱり変ですか？」

「破けた？　どうして？」

「どうしてでしょう？　ある日突然としか……」

誰かが破いているのを見たわけではないし、私にはそうとしか言えない。

だから苦笑いを浮かべて答えると、ルディさんは顔をしかめて繰り返した。

「……ある日突然？」

「はい」

「ローブが勝手に破れることなんてないと思うけど」

「私もそうは思います」

「……なるほどね」

苦笑いを浮かべる私に、ルディさんは状況を把握したように険しい顔で頷いた。

私はなんとか笑顔を貫いたけれど、ルディさんは怖い顔をしている。

……いったい何を考えているのかしら？

その日の午後。フリッツさんの手が空くまでの間、私は王宮内にある図書室で魔法書を読んでいた。

「ちょっとあなた！」

「はい？」

すると突然、頭上から知らない女性の声がして、顔を上げる。

私……？

声の主と思われる女性を見つめるけれど、やっぱり知らない顔。

とても高級そうなドレスを着て、綺麗に髪をセットしているご令嬢が三人、私の前に立っている。

その目は怒ったように吊り上がっていた。

「ちょっとよろしいかしら」

真ん中の女性がそう言うと、拒むことを許さないというように、三人で私を囲んで人気のない場所まで連れていった。

……もう、嫌な予感しかしない。

彼女たちの表情は、ドロテアにそっくりだ。

私のことを面白く思っていないのだろうと、すぐに察した。

「あなた、いきなり現れてルディアルト様の家まで押しかけたそうね。あの方は妻を娶る気がないのに、なんて図々しいのかしら！」

「しかもローベルト様にまで媚びを売って魔導師団に入るなんて……！　厚かましいにもほどがあるわ！」

そうよそうよと、喚くご令嬢たち。

……やっぱり。

私のローブを破いたのもこの人たちかしら？

「ルディアルト様はお優しいから、あなたに強引に押しかけられて無下にはできないのよ！」

「あー、本当に嫌だわ、今まで誰もそこまで強引なことをした人はいないのよ!?　急に出てきたあなたが、どうしてそんなことをするのよ‼」

キィキィと、甲高い声で言いたい放題喚いている彼女たちは、日頃から何かストレスが溜まっているのかもしれない。

たとえば痩せたいのにお菓子が美味しすぎるとか、お気に入りの服に食べこぼしのシミができてしまったとか。うんうん、確かにお気に入りの服が汚れたらショックよね……。

ドロテアも、よくそんなことで私に八つ当たりしていたわ。……彼女は今頃どうしているのだろうかと、ふと考えた。

「ちょっと、聞いてる⁉」

「あっ、すみません。なんでしたっけ？」

「なっ……、あなたね‼」

こういうことをうまく聞き流すのには正直慣れている。

だけど、彼女たちは無反応な私の態度が気に食わなかったみたい。

ついに私の肩をドン、と強く押してきた。

油断していたから少し後ろによろけてしまったけれど、倒れないように足を踏ん張る。

「はいはいはい、そこまで！」

「……っ！」

そのとき。私を押した余韻で宙に浮いていた彼女の手を、どこからともなく現れたフリッツさんが掴んだ。

「なーに、君たち。女の子が暴力はよくないね。ま、男だったらいいってわけでもないけど」

「……っ、フリッツ様……⁉」

「それに、ユリアが何も言わないから僕が代わりに教えてあげるけど、ルディアルト団長が彼女に惚れてるんだよ。彼女は自分の立場を気にしてまだ返事をしていないから、正式な婚約者じゃないようだけど。だから逆恨みなんてみっともない真似、やめたら？」

「そんなはず……！　この女が一方的に……！」

「じゃあ直接ルディアルト団長に聞いてみる？　そういえば団長さん、ユリアのローブを破いた犯人を捜しているみたいだけど、君たち知らない？　相当怒ってたんだよねー」

「……っ」

フリッツさんの表情が変わった。

口元は笑っているのに、目がとても冷たい。いつもにこにこしている分、とても怖い。

「し、知らないわよ！　行きましょう！」

フリッツさんの手を振りほどくと、彼女たちはプリプリと怒ったまま去っていった。

「……あれじゃあろくな結婚相手が見つからなそうだよね」

「すみません、フリッツさん。ありがとうございます」

彼女たちの背中を見つめながら溜め息とともに吐き出された言葉には、呆れた感情が込められていた。

「ユリアも、言い返せばいいのに。〝私は一方的に求婚されてヴァイゲル家に連れていかれただけですー！〟って、教えてやればよかったのに。まぁ、三人で来られたら怖くて言えないか」

「怖かったわけではないんですけど……」

義父と義姉のおかげで、ああいうことには慣れているので。なんて言ったら、話が変わってしまうわね。

「ああいう方たちには言い返しても、逆上されるだけですからね。それに、私はルディアルト様にとても感謝しています。一方的に連れていかれただなんて、思っていませんよ」

「……やっぱり僕、団長さんに言ってこようかな」

くるっと背中を向けて歩き出すフリッツさんの服を、私はぐいっと掴んで止めた。

「待ってください！」

「……どうしたの？」

「ルディアルト様にはすごくお世話になっているので……。これ以上、ご迷惑になるようなことはしたくないんです」

「迷惑って……。でもユリアがひがまれているのは、団長さんのせいでしょ？」

「ルディアルト様のせいというわけでは……」

ないと思う。だって私がルディさんに見合うような、誰にも文句を言われないような女性だったら、こんなことにはならないだろうし。

「私は大丈夫です。実は、前の生活ではもっと酷いこともされていて。それを助けてくれたのがルディアルト様だったんです。ですから、これくらい全然平気です」

今度はちゃんと笑顔を作って言った。それでもフリッツさんはうーんと低く唸って顔をしかめた。

「……僕だったら嫌だけどな」

「え？」

「僕だったら、好きな人にはもっと頼られたいって思うけど。こんなこと内緒にされてるほうが悲しいな」

「……」

「団長さんもそうじゃないのかなぁ？　知らないけどさ。師団長には言ってもいい？」

「だめです……」

フリッツさんの服を摑んでいた手をそっと離し、考える。

そうなのかな……。ルディさんも、後でこれを知ってしまったら悲しむかしら。でも……。自分からは言えない。かと言ってフリッツさんや他人の口から伝わるのはもっとだめ。となると、やっぱり自分で解決したい。

「もしまた何かされたら、今度はきちんと報告します。だからやっぱりフリッツさんは誰にも言わないでくれますか？　もちろん、ローベルト師団長にも」

「……わかった。でも無理しすぎたらだめだよ？　辛くなったらせめて僕には言ってよね！」

「はい、ありがとうございます」

いつものような人懐こい笑顔でそう言ってくれるフリッツさんに頷くと、私たちは魔法の訓練を始めることにした。

＊

それから数日は、穏やかな日が続いた。

フリッツさんが言ってくれたのが効いたのか、嫌がらせを受けることもなく、ご令嬢たちから冷たい視線を浴びることも減った。

減っただけで、まったくなくなったわけではないけれど。

それでも気にせず過ごしていた、ある日。

「ユリア‼」

「……フリッツさん。どうしたんですか？」

今日は午後からフリッツさんと魔法の訓練の予定だった。先に実験室で待っていると、フリッツさんは壊れてしまうのではないかと思うほど勢いよく扉を開けて部屋に入ってきたと思ったら、怒ったような声を上げた。

「僕はもう許せない‼」

「……許せない？」

何をでしょう。でもこの様子はただ事ではないわ。

その迫力に気圧されながらも問いかけると、フリッツさんは手に握っていた紙を私の前に広げた。

「これだよ、これ‼」

「……？」

机の上に広げられたそのビラのようなものに目を通す。

〝ユリアーネは父が死んで財産もなく平民以下であるのに平気な顔で王宮にいる。

そんなこと、あってはならない。

ましてやヴァイゲル公爵令息の婚約者など、あり得ない。立場をわきまえなければならない。

それも権力者に媚びを売って枕を交わし、宮廷魔導師団に潜り込んでいるのだ。

彼女を許してはならない〟

……ということが書かれていた。

これは酷い。

半分は当たっているだけに、なんと言っていいのか……。

「……なんですか、これは」

「社交界でこのビラが出回っているようなんだ。根拠もないくせに、みんな面白がって広めているらしい。本当に暇な奴らだ‼」

「……」

そう言って、フリッツさんは握りしめた拳をぷるぷると震わせている。

「……」

うーん。前半に書かれていることは事実だから何も言えないけれど、媚びを売って枕を交わした記憶はない。

その誤解は解かなければ、ルディさんにも迷惑がかかるかもしれない。

「絶対この間の三人だよ！　こうなったら師団長に言ってくる‼」

「まだそうと決まったわけではないですし……それに、ローベルト様にご迷惑はかけられません。私が直接彼女たちに聞いてきます」

「でも……！」

「大丈夫です。私はこう見えて結構強いんですよ？　訓練の時間が少し押してしまいますが……フリッツさん、お時間は大丈夫でしょうか？」

「今日は時間があるから大丈夫だけど……。僕も一緒に行くよ」

「ありがとうございます、でも一人で大丈夫です。行ってきますね」

怒りが治まらない様子のフリッツさんをなんとか宥め、私は内心で溜め息を一つ。

面倒だけど、私だって本気を出したら、箱の中で甘やかされて育ってきたお嬢様に負ける気はしない。

少し、はしたないことになってしまうかもしれないけれど。

――王宮内の広いお庭の一角で、彼女たちは優雅にお茶を飲んでいた。

上流貴族のご令嬢である彼女たちは、よくここに集まってお茶会を開いているらしい。

「ちょっとよろしいでしょうか」

楽しそうにケラケラと笑っているところへ割って入り、あのときのように、今度は私が彼女たちに話しかけた。

「……何かご用かしら」

突然現れた私に、あからさまに嫌な顔を見せる彼女たち。

「よく調べましたね。あの噂、半分は本当です」

「ふん。だったら自分の立場をわきまえなさいよ！」

確信的なことは言っていないのになんの話かわかるということは、やはりあのビラを書いたのは彼女たちということかしら。

「今すぐ公爵家から出ていきなさい！　もちろん、王宮にもあなたのような方の居場所はありませんわよ」

「……半分は本当ですが、半分はでたらめですよね？」

「何がでたらめよ。どうせ媚びを売ったんでしょう!?」

「お金がないと大変ね」

「あー、かわいそう。早く王都から出ていけばいいのに！」

クスクスと笑いながら蔑んだ視線を私に向ける三人に、はぁ、と息を吐いて言葉を紡ぐ。

「恐れ多くもルディアルト様が求婚してくださったのは事実です。その相手がそのようにふしだらだと思われては、ルディアルト様にご迷惑がかかります。適当な噂を流すのはやめていただけませんか？」

「な……っ、調子に乗るんじゃないわよ‼　あんたは存在自体が十分迷惑なのよ‼　わかっているのなら今すぐ消えてちょうだい‼」

消えて……か。

興奮して声を荒らげる女性の言葉に、義姉と義父との暮らしを思い出す。

あのときはとても辛かった。自分は必要のない人間なのだと言われ続けて。

それでも誰かの役に立ちたいと思った。

どんなに頑張っても義姉も義父も私を認めてはくれなかったけど、ルディさんに出会って王宮へ来て、私はその存在を認められている気がした。

とても嬉しかった。

だから、ちゃんと言わないと。

「私がルディアルト様に相応しくないのは重々承知しております。ですが、あなたたちに勝手な作り話を広げられる筋合いはございません。今はまだあの方に見合う女性ではないけれど、もしもいつかそうなれたのなら、私は堂々とあの方に連れ添います。そうなれるよう、努力いたします。あの方が私を見てくれているかぎりは」

背筋を伸ばし、顎を引き、冷静に。

まっすぐに私の思いを彼女たちに告げた。

これでも私は伯爵家の娘。本当の父や母が教えてくれたことも覚えている。

父も母も、彼女たちのような振る舞いを決してよしとはしないだろう。

「な……、何を言っているのよ、ルディアルト様がいつまでもあなたなんかの相手をするはずがないでしょう⁉」

一瞬怯んだようだけど、彼女たちも強気。三対一である状況を思い出したように友人の顔を見て、中心にいる女性が言い返してきた。

彼女は、以前私を突き飛ばした人だわ。

「調子に乗るのもいい加減にしなさいよ――‼」

「俺はいつまでだって待つつもりなんだが――どうしてあなたにそんなことを言われなければならないんだ？」

そのとき、よく聞き慣れた騎士様の声が私の耳に届いた。

「……！」

「ルディアルト様……っ⁉」

いつから聞いていたのだろう。

余裕のある立ち振る舞いでこちらに足を進めてきたルディさんに気づき、彼女たちの顔から一気に血の気が引いていく。

「君たちか。彼女のいわれもない酷い噂を流したのは」

「そ、それは……っ、ルディアルト様はこの女に騙されているのですわ！　しっかりしてくださいませ！」

「俺がしっかりしていない？　王宮騎士を舐めるなよ。しっかりした頭がなければ、この国も民も守ってはいけない」

一歩ずつ歩み寄り、私の隣で立ち止まるルディさんは〝騎士団長〟の顔になっている。

「まぁ、俺が守るのはその価値のある者だけだが」

「……っ」

まるで敵に向けるような鋭い眼差しだった。長身のため、高い位置から降り注がれるその圧倒的なまでの気迫に、彼女たちはルディさんを前にしても立ち上がれず、その場でただ言葉に詰まっている。

「これ以上彼女に何か害をもたらすつもりなら、俺が黙ってはいないぞ」

「……申し訳、ございません……」

「それは誰に謝っているんだ?」

プライドの塊のような彼女たちも、さすがに騎士団長であるヴァイゲル公爵令息をこれ以上怒らせてはならないと、わかるようだ。

「……ごめんなさい」

おぼつかない足取りでようやく立ち上がり、彼女たちは悔しそうに私を見つめてその言葉を口にした。

ただし、本当に悪いとは思っていない気がするけれど。

「ユリアーネに何かするということは、俺にするのと同じだと思え。その覚悟がないのなら、二度と関わるな」

「……はい」

最後に膝を折って頭を下げた彼女たちを一瞥すると、私に向かって穏やかに微笑むルディさん。

「では行こうか、ユリアーネ」

「はい……」

手を差し出されて、躊躇いつつもそれにお応えして自分の手を重ねる。

背中にチクチクと刺さるような視線を感じたけれど、ルディさんもきつく言ってくれたし、もう気にしないのが一番よね。

何も言わずに私の手を引いて歩くルディさんだけど、その手には少し力が込められていた。

結局、ルディさんにばれてしまっていた……。

黙っていたことを怒っているだろうか。それともフリッツさんが言うように、悲しんでいるのだろうか。

沈黙がなんとなく気まずくて、ひとまず先ほどのお礼を述べた。

「あの、ありがとうございます」

「いや……すまなかった」

けれど、ルディさんは少し低い声でそう呟くと、歩みを止めてそこにあったベンチに座るよう私を促した。

「俺のせいで嫌な思いをさせてしまっていたんだな」

「いいえ、ルディアルト様のせいではありません！」

「……」

隣に座った彼は、とても悲しげな表情で何か言おうとして、口を閉じた。

どうしたのかしら？

「……私がルディアルト様に相応しい相手でないことは事実です。昔からあなたを慕っている方たちから恨みを買ってしまうのも仕方ありません。ですから、お気になさらないでください。私は十分すぎるくらいあなたに救われているのですから」

ルディさんのこんなに悲しく曇る顔は見たことがない。きっと、自分のせいで私が嫌がらせを受けたのだと、責任を感じているんだわ。でもそれはルディさんのせいではないと、私は一生懸命伝えた。

「……俺は、〝ただのルディ〟だよ」

「え……？」

けれど、小さく息を吐いて何か呟いたと思ったら。ルディさんはふと視線を落として目を伏せた。

下を向いたのだと思ったその直後、彼の額が私の肩に乗って、ドキリと鼓動が跳ねる。

ふわりと風が吹き、銀色に輝くルディさんの髪が私の鼻先で揺れた。

あまりの距離にドキドキと、急激に鼓動が速まって顔が熱を帯びていく。

「……ルディアルト、様？」

「……少なくとも君の前でだけは、俺はただのルディでいたい」

「……」

いつになく弱々しい声で呟くルディさんに、どうしたのだろうかと心配しながらも、そっと言葉を返す。

「それは無理ですよ、あなたはヴァイゲル家に生まれて、立派に騎士団長を務めていらっしゃるのですから」

「……そのせいでユリアーネが俺のものになってくれないなら……傷ついてしまうのなら、そんなものはいらない」

「ルディさん……そんなこと、言わないで……？」

彼らしくもない弱音に、つい以前のような話し方をしてしまった。

けれど彼はそれにぴくりと反応すると、そっと顔を上げた。

「やっと以前のようにルディと呼んでくれた」

「……え、その……失礼いたしました」

「違う。そう呼んでほしいと、前にも言っただろう？」

「……あ」

まさか、それでそんなに落ち込んでいたの？

……っていうか、顔が近いです。

目の前に端麗なお顔があるせいで、どんどん私の顔は熱くなり、思わず視線を逸らす。

そうするとルディさんもすっと顔を離してくれたけど、代わりに手を握られた。

その手を見つめてから、窺うようにルディさんの瞳に視線を向ける。

「俺もユリアと呼んでいい？」

「……はい、いいですよ」

「今度から何かあったらすぐ俺に言ってくれる？」

「はい、わかりました」

「それから、俺と結婚してほしい」

「…………………」

流れのままに、危なく「はい」と答えてしまいそうになった。

けれどなんとか留めて、唇を噛む。

「……どうしたらユリアは俺と結婚してくれる？」

「それは……」

「手紙のこと、まだ怒ってるのか？」

「いいえ……っ！　怒っていません。あれが本心だったというのなら、あの手紙は私の宝物です」

思わず弾かれるように顔を上げてはっきりとそう言えば、ルディさんは嬉しそうに頬をほんのりと赤らめた。

「ユリア……」

私があの手紙の主に恋をしていたことは、ルディさんだってわかっているはず。

「父も母も兄も説得した。みんな君のことを受け入れてくれているだろう？　君さえ頷いてくれたら、俺はもっと堂々と君を守れる」

「……」

それは確かにそうかもしれない。本当に、ルディさんの家族はみんな驚くほどにいい人たち。けれど、それに甘えてしまって、本当にいいのだろうか。

ルディさんに助けられっぱなしで、いいのだろうか。

「……ユリアは俺が嫌い？」

「それはあり得ません‼」

黙り込んでしまった私の表情を見て不安そうに問いかけてきたルディさんに、思わず大きな声で答えてしまった。

その勢いに少しだけ驚いたように目を見開くルディさん。

「……あ、すみません。ですが本当に、それはあり得ません。私はあなたには感謝しかないのですから」

だから慌てて冷静な口調で言い直したけれど、ルディさんはふっと小さく笑みをこぼすと、冗談っぽく言った。

「感謝だけ、か。それはそれで悲しいな」

「ええっと、そうではなくて……」

彼が何を言いたいのかはわかっている。だから私の胸の高まりは収まらない。

それに、もちろん彼への感情が感謝だけなんてことはない。そういうことではない。

けれど、今はまだ言えない。やはりそれをお伝えする資格が、今の私にはないから。

「ルディさん……どうか、もう少しだけ待っていただけませんか？　私は少しでもあなたに相応しい存在になりたいのです」

きっとなってみせる。そのために今、私は日々努力しているのだから。今すぐにルディさんの気持ちに応えたら、私はルディさんに甘えてしまうかもしれない。

「今でも十分だと言いたいけど……ユリアの気持ちはわかったよ」

「ルディさん……」

返ってきた言葉に、私はほっと胸を撫で下ろしたけれど。

「でも、さっきのは本当かな？」

「え？」

「さっき、彼女たちに言っていた言葉。いつかそのときが来たら君は堂々と俺に連れ添ってくれるって。俺が君を想っているかぎりはそうなるように努力するって」

「……聞いていたのですね」

「ごめん。すぐ助けに入りたかったんだけど、嬉しくて」

照れくさそうに笑うルディさんの表情がいつもの彼と同じに戻っていたから、私もつられて笑ってしまった。

「……それでは、私はもう戻らなければ。フリッツさんを待たせているので」

「あれ、誤魔化すの？」

「団長様も早くお仕事にお戻りください！　またハンスさんに色々言われてしまいますよ」

「あいつのことはいいよ。それよりさっき言っていたことは本当かな？」

「……忘れてしまいました。あのときは必死でしたので」

「まぁいいか。その日はきっと、近いだろうし」

ルディさんは私の笑顔を肯定と受け取ったのか、なんだか嬉しそう。

「ねぇ、ユリア」

先に立ち上がって足を進めた私の背中に、ルディさんが声をかける。

「俺はいつまでだって君を想っているから。俺の気持ちに応えてくれるまで、いつまでだって待ってるから……だから他の誰のことも好きにならないでね？」

振り返ろうとした私の身体に、後ろから腕を回して。ルディさんは私の耳元で甘く囁いた。

「………はい」

「よし」

頭が真っ白になった私は頷くことしかできなかったけど。

満足そうに笑っているルディさんに「戻ろうか」と言われて手を引かれ、こうしてここにいられることに、幸せを感じた。

でもいつか、あなたの隣で堂々と歩けるように……私は私にできることを精一杯頑張ります。

お役に立ちたい

王宮で魔法を学び始めて、ふた月が経った。

あの後、ローベルト様が私に新しいローブを用意してくれて、例のご令嬢三名は王宮への出入りが禁止となった。撒かれたビラはすべて回収され、嘘の噂を流したことを彼女たちは謝罪して回ったらしい。

気持ちを新たに魔法の勉強に励んでいる私は、今では温度調整も自在にできるようになり、その発動速度も日に日に速くなってきている。

そんなある日。いつものように実験室でフリッツさんと訓練をしていたら、彼が唐突に言った。

「ねぇユリア。君のその力、人にも使えないかと思ってるんだけど」

「人に……ですか？」

「そう」

言われて、ふと想像してみる。

この力を人に使うとは、どういうことだろうか。

体温を上昇させて、殺してしまうとか……？

逆に、低くして殺めることも可能だったりして……？

「……えっ、私、戦闘要員ってことですか⁉」

役に立ちたいとは思っている。今はローベルト様やフリッツさんのおかげでこうして勉強することができているけれど、その恩は必ず返したいし。

けれどいきなり戦闘要員になるというのは、正直考えていなかった。

基本、戦場で戦うのは騎士団の皆さん。魔導師団もそのアシストのために同行することはあるけれど、まさか私の力が戦いの役に立つとは思っていなかった。

でも国の役に立てるのならば、仕事をもらえるのならば……、もちろん私はお断りするつもりはない。

それにもしかしたら、騎士であるルディさんとともに戦う、ということもあり得るかもしれない。

「はは、戦闘要員になるにはもっと訓練が必要だけど……。もしかしたら君は耐熱や耐寒魔法を習得できるかもしれないと思って」

「耐熱、耐寒……」

なるほど。早とちりしてしまったけれど、そういうことか。

「そうすれば騎士たちは寒い土地や暑い場所でも楽に活動できるだろう？　今でも装備で補うことはできるし、そういう効果魔法を使える者もいるにはいるが、数が少ない。それに君の魔法は効果持続時間がとても長い。一度かければそう何度もかけ直す必要がないから、とても助かるんだよ」

……それはすごい。

他人事のように感心してしまったけれど、ぜひ使えるようになって皆さんのお役に立ちたい。

「わかりました。やりましょう！　やってみましょう‼　ぜひやりたいです‼」

「お、いいね。さすがユリア！　じゃあまずは動物で試してみよう」

「はい！」

そういうわけで、私たちは部屋を移動して魔導師団で飼われている実験用のマウスをお借りし、体温保持の魔法をかけてみた。

そしてその場の温度を上げたり下げたりして、マウスがどう反応するか、体温はどうなるか、などを繰り返し調べた。

「――うーん。まぁ、そんなにすぐにはうまくいかないか」

「……すみません」

「いや、これからだよ。明日もやってみよう」

「はい」

実験は失敗だった。体温保持はできたけど、耐性がつくとまではいかない。

けれどこういうことは繰り返し何度もやってみることが大切らしい。

うまくコツを摑むことができれば、案外簡単に習得できることもあるのだとか。ならば私はとにかくやり続けてみるだけだわ！


「はかどってるか？」

「師団長」

日が暮れてきた頃、ローベルト様がひょっこりと姿を見せた。

「いい感じですよ。まぁ、耐性効果はまだこれからですけど、ユリアの力はどんどん強力なものになってますからね」

「ふむ」

ローベルト様は結果を記した報告書に目を向けた。

「確かに君の成長は著しいな」

「ありがとうございます。フリッツさんや皆さんのおかげです」

「この調子で頑張ってくれ」

「はい！」

ローベルト様の激励に嬉しくなった私は、思わず笑みをこぼしてしまった。

「ところで師団長、何か用事ですか？　報告書なら後でも見れるでしょう？」

「ああ、もう終わったのなら、ユリアーネと一緒に帰ろうと思ってね」

「え？」

フリッツさんの問いかけに、ローベルト様は私に笑みを向けてそう言った。

帰る家は確かに一緒だけど、こうしてローベルト様が迎えにくることは珍しい。

ルディさんが迎えに来てくれることはよくあるけれど。

「ルディはまだ仕事が終わらないそうだ。今日は宿舎に泊まるかもしれないと言っていたから、君のことは私が送ろう」

「そうなのですね」

考えが顔に出てしまっていたのか、クスッと小さく笑ってルディさんのことを教えてくれるローベルト様。

そういえばルディさん、今日はお昼も来なかったけど、忙しいのかしら。

そんなことを考えながら帰り支度を整えて、私はローベルト様とともに馬車へ乗り込んだ。

「――ここでの暮らしにはもう慣れたかい？」

「はい。ローベルト様がとてもよくしてくださるおかげです。それに魔導師団の皆さんも本当にいい人ばかりですよね」

騎士団の方たちに比べると、魔導師団の方たちは内向的な人が多い（フリッツさんのように例外もいるけれど）。

それでもみんな、話をしてみるととてもいい人たち。

私に嫌な顔をする人は一人もいない。とても居心地がいい。

「そうか。それはよかった。君のことはルディから預かっているからね。魔導師団で何かあったら、怒られてしまう」

確かに、〝師団長の弟の婚約者〟と噂されている私に嫌がらせしてくるような人は、魔導師団にはいないだろうけど……。

「ルディさんは、大丈夫でしょうか」

「ん？」

「残って仕事をされるのは、珍しいと思って……」

「ああ、どうやら北の森に魔物が出たらしい。第三騎士団はその対応に追われているようだ」

「え……」

確かにこの国には魔物がいるけれど、ここ数年はあまり大きな被害は出ていない。

だからどこか遠い世界の存在のように感じていたけれど……やはり現れることもあるのね。

「……その、大丈夫なのでしょうか？」

「近くの町の傭兵団で対処したようだ。だが、今後王宮騎士団が調査に向かわなければならない可能性はあるな」

「……」

ルディさんは騎士だから、当然なのかもしれない。けれど、やはり心配。

「大丈夫だよ。私の弟はあれで結構腕がいいからね」

「はい……」

「心配？」

「それはもちろん……」

ルディさんの力を侮っているわけではないけれど、ローベルト様だって弟が心配ではないのかしら？

なんだか楽しそうににこにこしている気が……。

「君のその顔、ルディに見せてあげたいよ」

「え？」

「ユリアーネが心配してくれたと知ったら、あいつは喜ぶだろうなって」

「か、からかわないでください……！」

くくく、と楽しげに声を漏らして笑うローベルト様に、私の顔は少し熱くなる。

「ルディはあの顔だろ？　それに子供の頃から抜きん出た力と家柄のせいで、女性からモテてねぇ」

「……」

そう言って語り出すローベルト様のお顔も、結構ルディさんに似ているし、とても甘いマスクの持ち主だと思う。

「けれどあいつはそういう権力に群がってくる女性が苦手だった。それでわざと怖い顔をするようになって、どこか近寄り難い雰囲気を持つようになったんだ」

遠くを見るように窓の外に視線を向けるローベルト様のお話を、真剣に聞いた。ルディさんの子供の頃のお話には興味がある。

「まぁそれが逆に魅力的だと感じる女性もいたが、とにかくあいつは女性が苦手になってしまった。それで年頃になっても社交界にはあまり顔を出さず、自分は結婚する気がないと言い出して、父や母を困らせていたんだ」

「……そうだったのですね」

「だがあいつは、仕事だけはしっかりこなしていたから。若くして団長にまで上りつめたし、部下や同僚には結構慕われているんだけどね。それに、自分に媚びてこない者には、女性であっても親切だし」

それは、なんとなくわかる。

社交の場へ行く機会がなかった私はルディさんのことを知らなかったし、ルディさんは部下の手紙を見回りのついでに届けてくれていたのだから。

私には最初からそんなに怖い顔をしていなかったけど、それは私が部下の婚約者であったからだと思う。

「なるべく自分のことは語らないようにしているから、君も最初はあいつのことをよく知らなかっただろう?」

「はい。〝ルディ〟としか名乗ってくれませんでした。それに、とても気さくに話してくれていましたし」

「だろうね。でも本当に驚いたよ。ルディが結婚したい女性がいるからうちに連れてきていいかと急に言い出したときは」

「……」

おそらく、あの日だわ。

私が婚約破棄をされた日。

ルディさんを追い返してしまったのに、再び私を迎えに来てくれた、あの日――。

「君の事情を聞いて正直驚いた。だが、あのルディがそうまで言う相手なんだ。反対する者は、私たち家族にはいなかったよ」

「……ローベルト様」

なぜヴァイゲル公爵家の人たちがあんなにあたたかく私を迎え入れてくれたのか……ずっと不思議だったけど、そういう事情があったのね。

「だからいつか君が私のことを〝兄〟と呼んでくれる日が来たら、とても嬉しい。ルディは私のただ一人の可愛い弟だし、君と一緒にいるときのルディは本当に幸せそうに笑うから」

「……」

「あんな笑顔を見せられたら、どうか弟を幸せにしてやってくれと、願ってしまうよ」

とても優しい兄の顔をするローベルト様。私なんかがルディさんを幸せにできるなら、それはとても嬉しい。

それに、こんなふうに想ってくれる家族がいるというのは、とても幸せなことだわ。

ルディさんを羨ましく思ってしまう反面、私もこの人たちと家族になりたいと、心から思った。

結局、昨夜はルディさんは帰ってこなかった。ローベルト様が言っていた通り、宿舎に泊まったのだろう。

私は今日も耐熱耐寒効果の魔法を習得すべく、フリッツさんと訓練に励んだ。

ルディさんは昼食の誘いにも来なかったけれど、ちゃんと食事はとれているかしら。

魔導師団では回復薬のポーション作りも行っている。

私は専門外だけど、最初の頃に作り方を教わったことがあるから、一応作れる。まぁ、その効果は栄養剤程度なのだけど……。

けれど怪我をしているわけではないなら、むしろこれが少しは役に立つかもしれない。

そう思い昼食を早めに済ませた私は、自作の回復ポーションもどきを手に、騎士団の棟へ行ってみることにした。

騎士団の棟を歩いていれば、騎士の方たちからじろじろと視線を感じた。

魔導師団の制服を着ている者がここにいるのは珍しいし、もしかしたら私はもうルディさんのなんとかだということで、すっかり顔が知れ渡っているのかもしれない……。

そうなると、一人でうろうろしていては目立ってしまう。

思い切って、第三騎士団の制服を着た方に話しかけてみようかしら……。

そう思っていたとき、先に私に話しかけてくれた人がいた。

「ユリアーネじゃないか。こんなところでどうした？」

「ハンスさん！」

第二騎士団団長の、ハンスさん。彼とは何度もルディさんと三人で昼食をとった仲。

「ルディさん、お元気にしているかと……」

身長は同じくらいなのに彼のほうがルディさんより大きく見えるのは、その体格のせいだと思う。

目の前に立たれると、その迫力に少し怖じ気づいてしまいそうになる。

「ああ……北の森の話は聞いたか？」

「はい」

「あいつは今、その件に追われていてな」

「聞きました」

「うん……まぁ、団長室にいると思うが、行ってみるか？」

ハンスさんは顎に手を当てて考える仕草をしてから、人のいい笑みを浮かべた。

「でも、お忙しいのでしたらご迷惑でしょうか？」

「少しくらい平気だろう。それに君の顔を見たら元気が出るだろうから、励ましてやってくれ！」

ニカッと子供がそのまま大きくなったように笑うと、ハンスさんは私を第三騎士団の団長室へ案内してくれた。

「――ルディ、いるか？」

到着すると、ハンスさんは豪快に扉をノックしながら大きな声をかけた。

部屋の中からは、ルディさんの少し疲れたような「どうぞ」の声。

「おうルディ、生きてるか？」

「生きてるよ。また邪魔をしに来たのか？」

ハンスさんは扉を開けてルディさんと話をしているけれど、彼の大きな身体のせいで私は中の様子を窺えない。

「なんだなんだ、その言い方は！　せっかくおまえが喜ぶ差し入れを持ってきてやったのに」

「差し入れ？　昨日のチェリーパイか？　あれは少し甘すぎたな」

「違うって。でも今日のはもっと甘いぞ。ほら、これだよこれ！」

そう言うと、突然背中に大きな手が回されて、私の身体は室内へと押し込まれてしまう。

「……っ！」

私が何か言う暇もなく、ハンスさんは「礼は後でいいぞ、ルディ」とだけ言い残し、さっさと扉を閉めてしまった。

「……ユリア」

「……すみません、お忙しいところ、突然来てしまって……」

デスクに座り書類を前にしていたルディさんは、私の姿を見て目を見開き、立ち上がった。

「いや……驚いたが、嬉しいよ。座って」

そして私の前まで来ると、笑顔を浮かべてソファにかけるよう促してくれた。

「とてもお忙しいと聞きました。昨日も宿舎に泊まったようですし……。これ、栄養剤です。少しは疲れが取れると思いますので、よかったら。それでは、失礼します！」

彼の邪魔をしてはいけない。それに、一目だけでもお顔が見られてよかったわ。

そう思い、回復ポーションもどきを渡すとすぐに部屋を出ようと、くるりと身体を回転させたけど。

「――待って」

「あ――っ」

ルディさんにぐいっと手を掴まれて、反動で身体が後ろに傾いた。

バランスを崩してしまった私の身体は、そのまま彼のたくましい胸の中に抱き止められる。

「…………」

ふわりと、ルディさんの香りが鼻腔をくすぐる。どくんと心臓が大きく跳ねて、一気に脈拍が速まる。

「ユリア、ありがとう」

耳元で甘く名前を囁いた、切なくなるようなルディさんの息づかいに、かぁっと顔が熱くなるのを感じた。

「すみません……っ!!」

慌てて彼から距離を取り、おそらく真っ赤になっているだろう顔を俯ける。

「あの、本当に、お邪魔しました！　お仕事頑張ってください、でもあまりご無理なさいませんように！　それでは！」

早口で言って、最後に膝を折って会釈をして、ばたばたと部屋を出た。

「…………」

びっくりした……。

バランスを崩してしまったから、思い切りルディさんに身体を預けてしまった。それに、ルディさんの唇が耳に触れそうなほど近くて、ぞくぞくしてしまった……。

はずかしい……っ‼

もう、彼がどんな顔をしていたのかは、とても確認できなかった。

＊

それからも、私は耐熱耐寒の魔法を習得するために日々勉強をしながら何度も訓練を繰り返した。

そして一週間ほどで、ついにそれを習得することができた。

「うん、マウスの体温は変わらないね。きちんと維持されているし、持続時間も長そうだ」

「はい。それに快適そうですね」

「ああ、これは本当にすごいことだよ、ユリア！」

実験用のマウスにその魔法をかけて効果の確認を取ると、フリッツさんはとても興奮した様子で目を輝かせた。

私の力が少しずつ、認められていく。

それは素直に、とても嬉しい。

この結果は、すぐにローベルト様にも報告された。

「――これはすごい。まさか本当にここまで伸びるとは」

ローベルト様は、この力を目の当たりにして驚きの表情を見せた。

「ユリアーネ、君の力はとても素晴らしいものだ。それにこの短期間でここまで成長するとは、正直思っていなかったよ」

「フリッツさんやローベルト様のおかげです」

「きっと人への耐性効果も期待できる。そうなればいずれ、騎士団に同行するよう要請が出るだろう。君はそれでも、このままその力を強化する気はあるか?」

それはつまり、討伐隊に加わることもあるということ。

「もちろんその際はルディと……第三騎士団とともに行けるよう、私からも頼んでみるよ」

現実的な話を聞いて、少し不安になる気持ちも湧いてしまうけど、ここまでしていただいたのに今更怖じ気づいてなんかいられない。

「大丈夫です。私は、この国のために……ローベルト様やフリッツさん、それにルディさんたちにご恩をお返しできるのなら、精一杯尽力させていただきます」

「……ありがとう。だが、まだまだ訓練は必要だよ」

「はい!」

それにしてもひとまずここまでよく頑張ったね。そう言って、ローベルト様はフリッツさんと私を労ってくれた。

耐熱魔法の使い方

あたたかい風が吹くようになり、季節は夏を迎えようとしていた。

まだ夏本番を迎えたわけではないのに、今日は暑い。

魔導室は基本、窓を開けることを禁じられている。魔法薬に使用する貴重な薬品や材料がたくさん置いてあるし、風が吹くと魔法薬作りにも魔法実験にも影響があるためだ。そのせいで風の通りが悪いので、尚更暑く感じる。

「そうだわ」

そこで私は思いついた。

この力って、もしかしたらこういうことにも役立ったりして……？

人体実験を行うのなら、やはりまずは自分で試してみるべきよね。

そう思い、軽い気持ちで自分の身体に耐熱効果の魔法をかけてみた。

「………」

特に何も変化は感じられないけれど、先ほどまでの夏特有の熱気も感じない。というか、不快だった暑さを感じない。

「これは、すごいかもしれない……！」

おかげで、徐々に汗も引いていく。

試しに立ち上がって身体を動かしてみても、全然暑くならない。とても快適な温度が保たれているのがわかる。

……これは！

すごい。こんな使い方があったなんて……‼

「おはよー、ユリア。今日は暑いねー」

「フリッツさん。おはようございます」

一人でこの力の有能さに興奮していると、手で首元をあおぎながらフリッツさんが部屋に入ってきた。

「ん？　なんだかユリアは涼しい顔をしているね。暑くないの？」

「ふふふ……私はすごいことに気がついてしまいました」

「え？　なになに？」

「耐熱魔法を自分にかけてみたのです！　そうしたら思った通り、この暑さが苦ではなくなりました！」

少し誇らしげに言うと、フリッツさんからは「おお！」という言葉とともに期待に満ちた眼差しが返ってきた。

「僕にもかけてみて‼」

「いいですよ。では、いきます」

他人にかけるのは少し緊張するけれど、きっと大丈夫。

フリッツさんにも耐熱魔法をかけると、彼もすぐに私と同じようにこの気温に適応したようだった。

「本当だ！　これはすごい‼」

「これでこの夏は快適に乗り切れそうですね」

「うん！　真夏になるとこの部屋は本当に暑いからね。ありがとう、ユリア！」

「いいえ、お役に立てて嬉しいです」

自分でも驚いた。まさか私の力が、こんなことに役立てられるなんて。あのままフレンケル家にいたら、絶対気づかずに終わっていた。だからこれもすべて、ルディさんたちのおかげだわ。

改めて感謝しつつ、今日も訓練に励む。

「ユリア」

そして、その日のお昼時。久しぶりにルディさんが実験室にやってきてくれた。

「ルディさん！　お仕事、落ち着かれたのですか？」

今日は魔導師団の食堂でフリッツさんたちと昼食をとろうと思っていたけれど、あの件はもう片付いたのかしら。

「ああ、ようやく一段落ついた。今日は一緒に昼食をどうかな？」

「はい、ぜひ」

ルディさんに駆け寄った私を見て、フリッツさんは先に部屋を出ていく。これは、「二人で行っておいで」という意味。

「よかった。久しぶりに君と過ごせる」

「そうですね」

……そんなに嬉しそうに笑わないでください。

耐熱魔法をかけたのに、顔が熱い気がするのは気のせいでしょうか？

「――お仕事大変でしたね」

「いや、大したことではないんだが、少々処理に手間取ってしまってね」

大食堂で昼食をとった後、いつものように外のベンチに二人で座り、少しお話をした。

ここ数日、ルディさんはずっと宿舎に泊まり込みで仕事をしていた。

「もう片付いたのですか？」

「一応は。だがいずれ北の森には調査に行かなければならないだろうな」

「そうなのですね……」

そのときは、私も何か力になれないかしら。……ううん、なれるように頑張らないと！

「それにしても今日は天気がいいな」

ルディさんは眩しそうに顔の前に腕を掲げて、雲一つない快晴の空を見上げた。

そのお顔には汗が滲んでいる。

「そうですね。日も高くなって、今が一番暑い時間帯ですしね」

私は耐熱魔法をかけているから気にならなかったけど、ルディさんは暑いに決まっている。

「そうだわ、ルディさんにも魔法をかけていいですか？」

「魔法？　君の？」

「はい！」

「……そういえばユリアは随分涼しそうな顔をしているね」

ルディさんに身体を向けて尋ねると、彼は少し不思議そうにした後、じっと私の顔を見つめた。

「そうなのです。実は私、ついに耐熱と耐寒の魔法を習得したのです！」

少し誇らしげに答えると、ルディさんも嬉しそうに頬をほころばせた。

「本当？　それはすごいな」

「ですので、ルディさんにもかけていいですか？」

「ああ、ぜひ頼むよ」

「では」

許可を得て、彼にも耐熱の魔法をかけた。三人目ともなると、とてもスムーズにかけることができたと思う。

「……どうでしょう？」

「うん……、すごいな。先ほどまでの暑さをまるで感じない。とても快適だ」

「わぁ、よかったぁ！」

「ありがとう、ユリア」

ルディさんの嬉しそうな顔に、私もとても嬉しくなる。

こういう小さなことでもお役に立てて、本当によかった。

「いやぁ、今日はまた一段と熱いな」

ルディさんと向き合って微笑み合っていたら、ハンスさんが「やれやれ……」と言わんばかりの様子で現れた。

暑いのなら外へ出なければいいと思うけど……もしかしてこの人、ルディさんのことが好きだったりして。

「本当に、よくやるな。この炎天下の中」

「……また邪魔をしに来たのか」

「おいおい、俺はまだこの間の礼をもらっていないぞ？」

しかし暑いな、と繰り返しながら例のごとく私を挟むようにして隣に腰を下ろすハンスさん。

耐熱魔法をかけたのに、彼がいるだけで暑く感じてしまうのはなぜかしら……。

「ハンスさんにも魔法をかけていいですか？」

「え？　なんの魔法だ？」

「いいことですよ。安心してください」

「いいことねぇ。……そうか、聞いたかルディ。ユリアーネが俺にいいことをしてくれるってよ」

「変な言い方をするな！」

……本当に、暑苦しい人ですね。

ハンスさんの冗談には苦笑いで応えて、彼にもさっさと耐熱魔法をかけてしまう。

「……ん？　おお、急に暑くなくなったぞ？」

「はい。私、耐熱と耐寒の魔法を覚えたんです」

「ほう、そりゃすごいな」

ハンスさんにもうまくかけられたみたい。よかった。

「こいつは本当に助かる。だが、いちいち一人一人かけていたら大変だろう？」

「ええ……、でもまだ私を含めて四人にしか使っていないので、なんとも……」

「そうか。ありがたい魔法だが、あんまり無闇には使わないほうがいいかもしれないな」

「……？」

珍しく真面目な顔で考え込むようにそう口にするハンスさんに、私は首を傾げる。

「確かに。この話が広まって自分にもかけてほしいという者が押しかけてきたら、切りがない」

「……なるほど」

皆さんが楽になるのなら、できることなら全員にかけてあげたいけど……。確かにそれでは私のほうが先に倒れてしまうかもしれない。

このお城で働いている人が何人いるのかは、想像もできない。

「……」

「大丈夫。毎年、みんな各自で暑さ対策を取っている。ユリアが気にする必要はないよ」

「そうだぜ。……でも俺にはまた、頼むな？」

「……ハンスさん」

ルディさんには聞こえないように私に耳打ちしてくるハンスさんに再び苦笑いを浮かべて、休憩を終えた私たちは各自の持ち場へと戻った。

この効果がどれくらい継続したのかは、後日教えてもらうことにする。

＊

季節は夏本番を迎えた。

うだるような暑さが続き、空調環境の悪い魔導師団の棟ではみんなすっかりだれてしまっていた。

魔導師ならではというべきか、氷魔法が使える者が氷の塊をあちこちに置き、少しでも部屋の温度を下げようとしているけれど、やはり窓が開けられないのは辛い。

「……皆さん暑そうですね」

「そうだねぇ……」

魔導師棟で一番広いこの研究室に集まっているみんなの様子を見て、練習を兼ねて耐熱魔法をかけている私とフリッツさんはどうしたものかと頭を悩ませた。

自分たちだけ涼しい思いをしているというのは、なんとも後ろめたい。

「今年は特に暑いからね」

「ローベルト様……」

この様子に溜め息をつきながら、自らも暑そうに表情を歪めている師団長。

「できれば君に魔法をかけてもらいたいが、さすがに魔導師団員全員にというわけにはいかないしなぁ……」

「……何かいい方法はないかしら」

ローベルト様は私の耐熱魔法の効果を知っている。せっかく習得したのだから、みんなの役に立ちたい。けれど、全員にかけるのはさすがにまだ難しいし、誰にかけて、誰にかけないかを考えるというのも気が引ける。

「……そうだわ！」

「どうしたの？」

「この部屋全体の温度を保持する、というのはいかがでしょうか？」

「……なるほど」

物や人に使えるのなら、空間にも使えるかもしれない。

それに私は今や、温度を保つだけではなく調整することもできるようになった。だからこの部屋全体を快適な温度に保てばいいのではないだろうか。

「……うん、面白そうだね」

フリッツさんは少し考えた後、ニッと口角を上げて頷いた。

「では、あくまで訓練ということで。やってみようか」

「はい！」

「でもあまり無理はしないようにね」

ローベルト様の許可を得て、私は力を集中させた。

今までは目の前にある小さな物や人が対象だったけど、今回は範囲が広いから少し時間がかかりそう。

「……」

目を閉じて、この部屋全体の温度を適温に保つようイメージしながら魔力を流す。

こういうことは、意識の集中とイメージがとても大切。

「師団長、これは……」

「ああ……、成功しているようだ」

フリッツさんとローベルト様の声に、私は放出させていた力を止めて目を開けた。

「……ん？　なんか急に暑くなくなったぞ？」

「本当だ、誰か窓を開けたのか？」

「いや、開いてないいな」

「あー、快適だ！　これなら仕事もはかどりそうだ！」

だれていた団員の方たちも室内温度の変化に気がつき、各々声を上げている。

「……なぁ、ユリアーネ。もしかして君が……」

そんな中、一番近くに座っていた団員の一人が、私たちの様子に気がついておそるおそる声をかけてきた。

「……ふふっ」

返事をする代わりに微笑んでみせると、彼はそれを肯定と受け取り、驚きに目を見開いた。

「まさか……！　おい、みんな！　これはユリアーネがやったらしいぞ‼」

「本当か⁉　じゃあ、この部屋の温度を変えてしまったということか⁉」

「いつの間にそんなことが……！」

「ああ……っ、えーっと」

大きな声で言われたため、一気に広まってしまった。

視線を集めて照れくさい気持ちになるけれど、みんな口々に感謝の言葉をかけてくれた。

「ありがとう、ユリアーネ！」

「君のおかげで仕事がはかどるぞ！」

「本当に助かった！　君はすごいな！」

フリッツさんとローベルト様にも微笑みかけられて、私の心はあたたかくなる。

「よかったね、ユリア」

「はい！」

こんなふうに誰かの役に立てて、感謝される日が来るなんて。

本当に私は王宮に来てよかった。……ルディさんに出会えて、よかった。

「さぁ、それでは今日も励んでくれ！」

何人かはまだ騒いでいたけれど、ローベルト様がパン――ッと手を叩いて団員たちに声をかけると、みんなは一斉に返事をして、仕事に取りかかった。

私もフリッツさんとともに部屋を出て、いつもの実験室へと向かう。

もちろん私たちが使っている実験室も適温にし、今日も訓練と実験を繰り返す。

魔物の中には火を吐くものもいる。だから私の魔法を応用して耐火効果も習得できたら、火傷を負わずに戦うことができるようになる。

お昼休憩の時間、今日も昼食の誘いに来てくれたルディさんは、実験室に入るなり不思議そうに辺りを見回した。

「……なんだかこの部屋、いつもより涼しい気がするのだが……」

いつもは他の棟よりも暑い魔導師団の部屋。その実験室が、今日は窓も開いていないのに快適な温度なのだから、驚くのも無理はない。

「はい。ご想像の通り、空間にも魔法が使えました」

「やはりそうか……。しかしすごいな、ユリアの魔法はどんどん強化されていく」

少し得意になって答えると、ルディさんは感心したような、驚いているような顔で唸りながら私に視線を向けた。

私はその視線に微笑みを返す。

これもすべて、ルディさんが私をあの家から連れ出してくれたおかげですと、心の中でそう呟いて、改めてルディさんに感謝した。

――その翌日。

魔導師団の棟へ行くと、待っていたと言わんばかりに大勢の魔導師たちに取り囲まれた。

「ユリアーネ、昨日のあれはすごかったね！」

「今朝もまだ効果が持続しているようなんだ！」

「君の力はただの温度調整魔法じゃなかったのか！」

「成長が著しいな。どうやったのか、私にも教えてほしい‼」

「僕にもぜひ教えてくれ！」

「俺にも！」

「私にも！」

「え、え、ええ……っと」

普段あまり口数の多くない団員たちが、揃って私に詰め寄ってくる。

あの暑さが、よほど辛かったのだろうか。

「いたぞ、彼女だ！」

「ユリアーネ殿！」

「……はい？」

今度はなに……？

魔導師団員になんと言おうか考えている間に、今度は聞き覚えのない声で名前を呼ばれた。

振り返ると、そこには黒や赤を基調とした騎士服の男性が数人立っている。

あの黒い騎士服は第二騎士団の方……それと、赤い騎士服は確か第一騎士団の方？

間違いなく、知り合いではない。

騎士様がなんの用だろうかと思っていたら、代表したように第一騎士団の制服を着た一人が歩み寄ってきて、口を開いた。

「突然申し訳ない。あなたは部屋の温度を操れると聞いた。どうか我々の棟も快適な温度にしてくれないだろうか」

「え……っ!?」

頼む。と言って、頭を下げる騎士様。

「お顔をお上げください！　あの……師団長に聞いて参りますので、少しお待ちいただけますか？」

背後に魔導師団員たちの熱い視線を受けながら、騎士団の方たちに頭を上げてもらい、私はおろおろと辺りを見渡した。

フリッツさんはまだ来ていない。やはりローベルト様を呼んできたほうがいいかもしれない……。

「ユリアーネ」

するとそこへ、ちょうどローベルト様がやってきた。

隣にはルディさんもいて、二人は何やら逼迫(ひっぱく)したような表情を浮かべている。

「悪いが、少しいいか」

「はい……」

今度は何事でしょう……？

騎士団の方たちには「失礼します」と頭を下げて、お二人のもとへ駆け寄った。

「ついてきてくれ」

「はい」

兄弟揃って、表情が少し険しい。

今朝は二人とも普通だったのに。ルディさんとは一緒に登城して、先ほど別れたばかり。だというのに、きっとローベルト様から何かを聞いたんだわ。

「……」

どこかに向かっていくローベルト様について歩きながら、ルディさんを見つめて何があったのか目で問いかけてみたけれど、困ったように苦笑を浮かべるだけだった。そんなルディさんは珍しくて、これはローベルト様に直接聞いてみたほうがいいのかと思い、私から質問してみた。

「……あの、どうかされたのですか？」

「実は、君の力のことが陛下の耳にも入ったようでね」

「え……!?　国王陛下の耳に、ですか……？」

「ああ、先ほど父上から私のところに話が来た。急で申し訳ないが、ぜひ君と会いたいと言っているらしい」

「……」

お二人の父、ヴァイゲル公爵は宰相を務めている。きっと、陛下から直接話が来たのだと思うけど……。

私は陛下に謁見するのは初めて。私なんかがお会いできるような人ではない。

けれど、今年の夏は特に暑い。だからもしかしたら陛下も相当参っているのかもしれない……。

謁見の間に通された私は、ローベルト様とルディさんに続いて国王陛下の前で頭を下げた。

「――陛下、彼女がユリアーネ嬢です」

「お初にお目にかかります。ユリアーネでございます」

膝を曲げ、淑女らしく見えるよう心がけて挨拶をする。

「うむ。よく来てくれた、ユリアーネ。顔を上げよ」

陛下とヴァイゲル公爵を前に、私は顔を上げて姿勢を正した。

けれど社交界にはほとんど顔を出したことがなかった私が、陛下の目にどう映っているのか考えると、とても不安。

「早速だが、そなたは熱変動魔法が使えるのだとか」

「……はい。ですがまだ、練習中でございます」

「うむ。ヴァイゲル宰相から聞いたよ。成長が著しいようだ」

「恐縮です、陛下」

言葉を交わすのも緊張する。

失礼なことを言ってしまったらどうしよう……。

そう思っていたら、ふとルディさんがこちらに視線を向けて小さく微笑んでくれた。

大丈夫だと、そう励ましてくれているように見えて、少し肩の力が抜ける。

「今年の暑さは異常だ。私も参っていてね。そこでそなたに頼みたいのだが、私の部屋にもその魔法をかけてもらえないだろうか？」

ローベルト様は私を見て頷いた。お役に立てるのであればお引き受けしていいということだろう。

「まだまだ未熟ですが、お役に立てるのであれば」

「うむ。ではまず、この部屋にかけてみてくれないだろうか？」

「承知いたしました」

この謁見の間は、それほど広くはない。

国王陛下の前で覚えたての魔法を使うのは緊張する。

けれどすぐ横にはルディさんがいる。それに、ローベルト様も、ヴァイゲル公爵も穏やかな顔で見守ってくれている。

いつも見ている三人の顔に、私も強ばっていた口元を緩めてふぅと小さく息を吐くと、集中するためにまぶたを下ろした。

昨日やったように、空間に自分の魔力を流し、部屋全体の空気を入れ替えるようなイメージを送る。

「……これは！」

陛下の驚きを含んだ声と、部屋全体に自分の魔力が行き渡った感覚に、私は力を抜いて目を開けた。

「これはすごい……本当に部屋が涼しくなった」

「まさかこれほどまでとは……」

驚きに目を見開き、手を掲げて何かを確かめているような動作を見せる陛下と、その隣で同じように驚いた様子のヴァイゲル公爵。

ルディさんとローベルト様は誇らしげに頷いてくれた。

「感謝するぞ、ユリアーネよ。何か礼がしたい。望みを申してみよ」

陛下からお礼を言われるだけでも恐れ多いこと。

「いいえ、魔導師団に置いてもらっているだけで、既にいただいているようなものです。私はヴァイゲル公爵様をはじめ、皆様にとてもよくしていただいております。それにこの力を使えるようになったのはローベルト師団長様やフリッツ副師団長様のおかげです」

恐縮して再び頭を下げると、陛下は「ふむ……」と考えるように唸った。

「謙虚な娘だな」

「ええ、まったくです」

「……」

陛下の言葉に笑顔で頷くヴァイゲル公爵。

「ローベルト、確か魔導師団は研究費用の追加申請を出していたな」

「はい」

「では、すぐに手配しよう」

「……よろしいのですか？」

「構わん。どうやら魔導師団は素晴らしい成果を上げたらしいからな」

「ありがとうございます」

通常、提出した申請がこのようにすぐ承認されることは少ない。

ローベルト様は陛下に頭を下げた後、私に視線を向けて穏やかに微笑んでくれた。

私の力が誰かの役に立つ……それだけでもとても嬉しいことなのに。まさか陛下にまで感謝していただける日が来るなんて、誰が予想したかしら。

「……その代わりと言ってはなんだが、私や息子たちの部屋にもその魔法をかけてくれないだろうか」

「——仰せのままに！」

弾む気持ちと緊張感に、私は深呼吸をしてから再び陛下に深く頭を下げた。

その後、国王、王妃、王太子、それから宰相の部屋にも順番に魔法をかけていった。

陛下の部屋に入るというだけでとても緊張したうえ、さすがに連続で広い部屋にこの魔法を使ったためか、終わる頃には私はすっかり疲れてしまっていた。

少し張り切りすぎて、無理をしたかもしれない。

けれど陛下はとても感謝してくれたから、頑張ってよかったと思える。

もしこの未来を知っていたら、義父や義姉の私に対する態度は違っていただろうか。

……ううん。そんなこと考えても無駄ね。この力を最初にすごいと言ってくれたのは、ルディさんよ。

彼が私を見つけてくれて、救い出してくれた。

そして彼の家族が私を王宮へ連れてきてくれた。

更にここでできた仲間が一生懸命私に魔法を教えてくれて、このような結果に繋がったのだから、もう過去は振り返らない。

「——送ってくださり、ありがとうございます」

「身体は大丈夫？」

「はい、少し休めば回復すると思います」

その日は早めに帰り、先に部屋で休ませてもらうことにした。

わざわざ部屋の前まで送ってくれたルディさんにお礼を言うと、彼は何か言いたげな瞳で私を見つめた。

「どうかされました？」

「いや……、ゆっくり休んで」

「……？　はい、ありがとうございます」

何か他にも話したいことがあるような気がしたけれど、ルディさんはそれだけ言うと笑顔を残して、再び王宮に戻っていった。

なんだろう……？

少し気になるけれど……明日聞いてみようかしら。

そんなことを思いつつベッドに身体を横たえ、今日のことを思い返す。

みんなとても喜んでくれたけど、もう少しスムーズに使えるようにならないとだめね。それにこの程度で疲れているようでは、まだまだだわ。

そういえば今朝、騎士団の方たちにもお願いされたけど、さすがにその規模に魔法を使ってはすぐに倒れてしまうと思う。

魔法の持続時間も気になるところ。すぐに効果が切れてしまえば、その度にかけ直さなければならないのだから。

効果を長くできるようにしないと、さすがに大変ね……。

そんなことを考えながら、私は眠りについた。

そして翌日からは、力の強化と訓練がてら王宮内の主要な部屋から順番に、空間温度調整の魔法をかけていくことになった。

師団長室や騎士団長室も含まれており、ハンスさんは「団長室から出られなくなりそうだ」と言っていた。

申し訳ないけれど、騎士団の棟は広すぎて一度に全体にかけるというのはまだ無理そう。

「闇雲にかけるんじゃなくて、ちゃんと集中して。一つ一つ訓練だと思って意識してやるんだ」

「はい」

フリッツさんは手が空いているかぎり付き合ってくれた。

調理場や食材庫に優先的に魔法をかけさせてもらうと、料理人の方たちはとても喜んでくれた。特に調理場は火を使うからとても暑くなるようで、目に涙を浮かべて喜んでいる方もいた。

そんなに喜んでもらえるなんて……、私まで嬉しい。

大袈裟かもしれないけれど、私が生きている価値というものをようやく認められた気がする。

ふと、これまで義父や義姉に言われてきた『役立たず！』という言葉が頭をよぎる。何年も、何年も。私はその言葉を言われ続けてきた。そのせいか、この魔法は大したものではないと、自分でも思ってしまっていた。

伯爵家の三男で、騎士候補生のカール様と結婚することが私の幸せだと言い聞かせ、あの家を出ることを励みに頑張ってきたけれど。

私にはこんな生き方があったのね。自分の力が誰かの役に立って、自分で生き方を決められる幸せ。

……本当によかった。みんなは私にお礼を言ってくれるけど、お礼を言いたいのは私のほう。だからこそ、私はフリッツさんやローベルト様たち、そしてルディさんに感謝の気持ちを忘れないようにしなければと、改めて胸に刻んだ。

魔法の持続時間も三日ほどだったのが、訓練のおかげで次第に長くなり、五日になり、六日になり、今では一週間にまで延びた。

かけすぎるとやはり疲れてしまうけど、最初の頃よりもだいぶスムーズに使えるようになったし、魔導師団の食堂程度の広さにまでかけられるようにもなった。

騎士団の棟全体までは、あと少しかな。

もう少し待っていてくださいね、騎士団の皆さん！

＊

まだ残暑が厳しい秋口に、ようやく私は広い騎士団の棟にも一度で空間魔法をかけられるようになった。

今更で申し訳ないという気持ちと、後回しにされて怒っているだろうかという不安があったけど、騎士団の皆さんはとても喜んでくれた。

騎士様たちに感謝されている私を見てルディさんも微笑んでくれたけど、その表情はどことなく晴れなかった。

疲れが溜まっているのかしら？　と、心配になったものの、喜ぶ騎士様たちにお礼を言われている間に直接声をかける機会を逃してしまった。

そして、空間温度調整魔法と並行して行っていた、耐火魔法の訓練。

耐熱魔法の応用として耐火魔法を習得できれば、魔物討伐にかなり役立つ。

「…………」

今日の訓練は早く終わったので、フリッツさんが帰った後も私は実験室に残っていた。

目の前にはお鍋に入った、ぐつぐつと煮え立つお湯と、それを沸かしている実験用のかまど。

緊張のためごくりと息を呑み、そっと炎に手を近づける。

……これだけ近づいてもまだ熱く感じない。

それは単なる耐熱効果のためなのか、耐火に成功しているからなのか。

それを試すためには、やはり実際に火に触れてみるしか——。

「何をしている！」

「あ……」

火に触れても火傷をしないか試そうと近づけていた手を、いつの間にか来ていたらしいルディさんにぱっと掴まれた。

「……耐火魔法の、実験です」

「一人で？」

「ええっと……、本当は今日の訓練はもう終わったんですけど、ちょっと試してみようかと……」

笑顔を作って言ってみたけれど、慌てたような顔をしているルディさんの表情は、ますます曇っていった。

「まさか、直接炎に触れようとしたのか……⁉　一人でこんなことをして、何かあったらどうするつもりだ……」

「……ごめんなさい」

ルディさんが少し大きな声を出して、私の手を摑んでいた手に力を込めた。

怒っているようにも見えるけど、その声はとても心配そう。

ルディさんに心配をかけてしまったことに、私は慌てて頭を下げた。

「……いや、大きな声を出してすまない。怒っているわけではないんだ。ただ君が心配で……。そういうのは、兄上にでも見てもらえばいい。自分一人で試そうなんて無茶は、よしてくれ」

「はい……」

「せっかくこんなに綺麗な手に戻ったんだしね」

「……っ」

そう言って、ルディさんはその手を自分の口元に運んだ。

以前は毎日の水仕事で荒れていたけれど、今はあのときのあかぎれもすっかりなくなっている。

「ルディさん……」

愛おしげに私の手に口づけた彼のやわらかい唇の感触に、ぴくりと身体が揺れた。

「すみません……あの、気をつけますので……お放しください」

「……」

熱を帯びる顔を伏せ、逃れようと手を引いてみるけれど、がっしりと握られて離せない。

ルディさんの手は私に比べるととても大きくて、指はスラリと長く綺麗なのに、男らしくごつごつしている。

だから、未だに手を握られるだけでも緊張してしまう。

「……手に口づけるくらい、いいだろう？」

「え？」

「いや……。すまない。もう終わったのなら、帰ろうか」

「…………はい」

何か不満げな声が聞こえて顔を上げたけど、ぱっと私の手を離し、瞬間的に笑顔を作るルディさん。

……？

どこか不自然なほどのその笑顔に、じっと彼を見つめてみるけれど。ルディさんは私の視線を受け流して「行くよ」と言った。

ルディさんも今日のお仕事は終わったようなので、いつものように一緒に馬車で屋敷に帰ることにした。

「……」

馬車の中で、ルディさんはとても静かだった。

やはり疲れているのか、それとも何か考え事でもしているのか、頬杖をついてぼんやりと外を眺めている。

元気がないのは心配だけど、そんな物憂げな表情でさえ、この人は様になっている。

切れ長の瞳に、綺麗な銀髪がかかっていて。

夕日が当たり、それはいつもと少し違う色を見せていた。

……とても美しい。

「ルディさん、もしかしてお疲れですか？」

「……いや？」

本当はお仕事がまだ残っていたのに、私を送るために無理をして切り上げてきたのかしら。

お仕事のことを考えているのかと思い声をかけたけど、ルディさんははっとしたように私のほうを向いて口を開いた。

「すまない、君といるのにぼんやりしてしまった」

少し考えた後、ふっと息を吐いて肯定するルディさんの表情は、やはり切なげ。

「いいえ……何か悩み事ですか？」

「……ん、そうだな。悩みだな」

これは何か大きな悩み事を抱えていそうだわ。

そう思い、続けて声をかける。

「もし少しでもお役に立てるのであれば、私に話してください」

「……」

胸に手を当てて真摯な気持ちでそう伝えると、ルディさんは再び頬杖をついてじっと私を見つめた。

「……ありがとう」

「……？」

何か言いたそうな、けれど言うのを躊躇っているような様子で視線をさ迷わせ、やがて「はぁぁ……」と深く溜め息をつくルディさん。

「だめだな、俺は」

「ルディさんはだめではありません」

「……いや、ユリアのことになると、どうもいつもの調子ではいられなくなる」

「え……っ」

私のこと？

私、ルディさんに何かしてしまったのかしら……。もしかして、さっきの実験のことをまだ怒っているの……？

どうしよう。もう一度きちんと謝ったほうがいいかしら。

そんな思いで見つめると、ルディさんは再び口を開いて続けた。

「ユリアがこうして素晴らしい能力に目覚めて、みんなの力になっている姿を見るのは俺もとても嬉しい。ユリアも嬉しそうにしているのを見ると、安心する」

「……」

静かな口調で語るルディさんの話を、私は黙って聞いた。

「だがそれと同時に、余計なことを色々と考えてしまう。みんなに認められて喜ぶユリアを見るのは、俺も嬉しいはずなのに……不安にもなってしまうんだ」

「ルディさん……」

ルディさんの手がそっと動いて、私に伸びた。

けれど頰に触れようとしたのだろうその手は、私の顔の横でピタリと止まると、空を摑んで下ろされた。

「俺はまだ、君に触れることは許されていないんだよな」

「……」

「情けないな。先ほども許可なく君の手に口づけてしまった。こんなことでは君が俺との結婚を承諾してくれなくて、当然か」

「違います……！」

ふっと自嘲するように小さく口元だけで笑うルディさんの表情に、胸の奥がぐっと締めつけられる。

違います。違うんです。ルディさんには何一つ原因はありません。

私のせいで、誤解を与えてしまった。ルディさんが笑って「いつまでも待つよ」と言ってくれたのをいいことに、私はその言葉に甘えてしまっていた。

私が待ってほしいと言ったのは、ルディさんのせいではないのに。

だから誤解を解こうと、私は無意識に彼の隣に移動していた。

「私の気持ちは、変わっていません」

「え……？」

ルディさんに向き合ってまっすぐ目を見てそう伝えると、彼は小さく首を傾げて、それはどういう意味かと問うように先を促してきた。

「確かに私の日常は、あなたのおかげで大きく変わりました。今はこうしてたくさんの方に認められて、とても光栄で、嬉しいです。でも、あなたが毎日手紙を届けに来てくれていたあの頃の気持ち……。ルディさんに対する気持ちは、あの頃と何も変わっていません」

どうやって、うまくこの気持ちを伝えればいいのかわからない。

私は中途半端なことを言っているのかもしれない。

けれど、私はたとえ誰に認められようと、どれだけたくさんの仲間ができようと、ルディさんへの感謝は絶対に忘れない。

今の私があるのは、ルディさんのおかげなのだから。

「……ユリア」

その気持ちが少しでも伝わってくれたらいい。

そう思って彼をまっすぐ見つめると、ルディさんの頬がほんの少しだけ赤く染まったように見えた。夕日のせいかもしれないけれど。

「抱きしめてもいい？」

「だ……っ⁉」

そして、窺うような表情で小さく笑いながら返ってきたその言葉に、今度は私のほうが一瞬にして赤面してしまう。

「……だめです」

「口づけるのは？」

「……‼　もっとだめです！」

「それじゃあ、今は我慢するから、俺と結婚してよ」

「は、話が唐突すぎます……っ‼」

「………はぁ」

「……‼」

そんなあからさまに溜め息をつかないでください……‼

本気なのか冗談なのか。とんでもないことを言ったルディさんに、私の心臓はどくどくと大きく高鳴る一方。

こうして二人きりのときのルディさんは、なんとなく無防備。

〝騎士団長〟の顔をしていない。

でもこんなルディさんも、ちょっと可愛くて、好きかもしれない……。

「ユリアはいつになったら俺のものになってくれるんだろう？」

「……それは」

「もしかして、他に好きな人がいるの？」

「え⁉」

「ああ、そうなんだ。でも俺から求婚されて、困っているのか……」

「ち、違います……！　私が好きなのは――」

とても悲しそうに呟かれて、私は慌てて声を張った。

「好きなのは、誰？」

「………………」

そうしたら、至近距離で顔を覗き込まれるようにそう問われて、私の顔はどんどん熱くなっていく。

もしかして、今のは確信犯ですか？

これは、わざとやっているのでしょうか？

ルディさんは、ご自分がどんなに整った顔をしているのか、自覚はありますか？

あなたにそんなふうに至近距離で見つめられて、囁かれて、落ちない女性はいないでしょう。

わかっていてやっているのなら、本当はすごく女たらしなのではないでしょうか。

「……ルディさん」

「それは問いに対する答え？　それとも俺の名前を呼んだだけ？」

「……」

本当は、そんなこともうとっくにわかっていますよね。

それなのに私が返事をしないから……〝待ってください〟と言ったから。ルディさんは急かさずにずっと待っていてくれた。

それでもいつまでも私がはっきりと返事をしないから、ルディさんはきっと焦燥感に駆られているのだと思う。

今だって、痺れを切らしてあんなことを言ったのかもしれない。冗談のように言っていたけれど、きっとあれは彼の本音。

ルディさんは私に気持ちを伝えてくれた。私をとても大切にしてくれた。

こんなに素敵な人に想われて、私は世界一の幸せ者だわ。

……今の私は、少しはあなたに相応しい女性になれたでしょうか。

「俺はまた君を困らせているね。すまない、俺はいつまでも待つから、気にしないで――」

「好きです」

「――え？」

「好きです、ルディさん。私はずっと前から、ルディさんが好きです」

「ユリア……」

本当は、私だってすぐに応えたかった。

でも、あの頃の私はルディさんには相応しくなかったから。

自分に自信が持てるようになるまでは、お応えできないと思っていた。

今でも本当はまだ、素敵すぎるルディさんに相応しいと自信を持って言えるわけではないけれど。

「手紙のやり取りをしていた頃からずっと……、あなたのことを想っていました……。いけないことだと思いながら、私は、ルディさんを――」

ずっと内に秘めていた想いを吐き出したら、涙が込み上げてきた。

泣きながらこんなことを言うのはずるいから、ぐっと堪えたけど。

でも、本当に。私はずっとずっとルディさんのことが好きだった。いけないことだと思いながら。私なんかが想ってはいけない相手だと知りながら。

それでも世界中の誰よりも、ルディさんに感謝しているのは私。ルディさんを愛しているのは私。ルディさんに相応しい女性になりたいと願っていたのは、私。

「待たせてしまって、ごめんなさい……。私はまだルディさんに相応しいとは言えないかもしれませんが……、それでもあなたのことが、好きです」

「ユリア……君はとても立派だよ。陛下にすら認められたんだ。文句を言う奴がいたら、俺が消す」

「……ルディさん」

冗談交じりにそんなことを言いながら、もう我慢できないというように私をそっと抱きしめてくれたルディさんの腕が、微かに震えていた。

ルディさんの体温に包まれて、なんだかとても満たされるのに。とうとう一筋の涙が私の頬を伝い落ちていった。

「好きだよ、ユリア。愛してる」

「……私も好きです……ルディさん」

そっと見つめ合ったルディさんの瞳も、涙に濡れてきらりと光っていた。

とても、とても美しい瞳……。

「……──」

そんな瞳を見つめていたら、吸い寄せられるようにルディさんの顔が近づいて、唇が重なり合った。

ルディさんの温もりが優しくて、とても近くに彼を感じて。本当に幸せな気持ちで胸がいっぱいになる。

「………だめって、言ったのに」

「ユリアの顔が〝いい〟って言ってた」

唇が離れて至近距離で目が合うと、恥ずかしさから私はそんなことを呟いてしまったけれど。

ルディさんは嬉しそうに微笑んでくれた。

抱きしめるのも、口づけるのも。

本当は、私だってしてほしかった。

「……俺と結婚してくれる？」

「はい……。よろしくお願いします」

「ありがとう……ああ、ユリア。本当に嬉しい」

ほっとしたように深く息を吐き出すと、ルディさんの頭が私の肩に乗った。

銀髪が首に触れてくすぐったい。

それに、彼が声を発する度、あたたかい息がかかって、ドキドキしてしまう。

「ルディさん……くすぐったいです」

そんなところに頭を乗せられたら、私の心臓の音は聞こえてしまっているだろうな……。

しかも、以前こうされたときよりも明らかにその距離が近い。

前はもっと遠慮がちに額を肩に乗せていただけなのに、今は身体を抱きしめられているし、肩に顔を埋められている。

「……そんな可愛いことを言われたら、俺は家まで我慢できなくなりそうだよ」

「え⁉　……ルディ、さん？」

何が我慢できなくなるのでしょうか……？

その質問はなんとなく怖くて聞けなかったけど。とりあえず私はそのままおとなしくしていることにした。

ルディの事情2

ユリアの力はどんどん開花されていった。

最初は物質の温度を維持するだけだったのに、やがて温度を調整できるようになり、更には物だけではなく、人や空間にまでも適応させていった。

今年の夏は例年より暑かったが、彼女のその魔法のおかげで多くの人が快適に過ごすことができた。

しかし、ユリアは謙虚だった。国王陛下にまで感謝されるということがどれほどすごいことなのか、彼女は理解しているのだろうか。

これはある意味では高位貴族であるとか、財産がいくらあるだとか、そういう類のものとは比べられない価値があるというのに。それでもユリアはまだ完全には自分に自信を持てずにいるようだった。

だが、それも無理はない。

彼女はこの十数年、義父や義姉に役立たずだと罵られて生きてきたのだから。

なかなか自分を認めることができないのだろう。

魔法というものにも触れてこなかったから、その価値に気がついていないようだし。

それでも少しずつ、ユリアは明るくなっていった。フリッツ副師団長ら、魔導師団ともうまくやっているようだし、楽しそうに笑っている。

ユリアは、確実に本来の自分を取り戻していた。

彼女がどんどん輝いていく。それを見ているのは俺もとても楽しかったし、嬉しい。

自分の存在を認めてくれる仲間ができることは、ユリアにとってもいいことだ。

それに、自信がつけば俺の求婚にも応じてくれるかもしれない――。

……そう思う反面、少し不安もあった。

ユリアがこのままどんどん輝けば、俺を必要としなくなり、俺のもとからいなくなってしまうのでは……という不安。

彼女が俺に恩を感じていて無下にできないだけだとしたら？

他に好きな男ができる可能性だってある。

フリッツとはどうだ？　随分仲がいいようだが、ユリアは彼のような親しみやすい男がタイプなのかもしれない。

ハンスだってふざけているが、あれでなかなかいい男だ。俺とは違うタイプの騎士だが、男らしさでいえば彼のほうが上だ。それに明るくよくしゃべる、面白い奴だしな。

そんなことを考え始めたら、キリがなかった。

魔導師団には他にも男がたくさんいる。

ユリアは俺が書いた手紙に恋をしていた。それはわかる。だが、手紙は手紙だ。俺にではないかもしれない。

彼女は元々金や権力、見た目などにはこだわらない女性だ。であれば、彼女からすれば俺にはなんの魅力もないのではないだろうか……？

そもそも今まで考えたこともなかったが、ヴァイゲルの家名と騎士団長の肩書き、それから親にもらった容姿を除けば、俺にいいところなどあるのだろうか……？

ユリアには「いつまででも待つ」と言っておきながら、俺は焦っていた。

早く彼女を自分のものにしたい。

この手で触れたい。抱きしめたい。それ以上のことだって――。

まさか自分がこれほどまで欲深い男だったとは、知らなかった。

その日、いつものようにユリアと馬車に揺られながら、ついぼんやりとそんなことを考えてしまった。

すると、彼女はそんな俺を見て心配そうに「悩み事があるのですか？」と声をかけてきた。

〝悩んでいるのは君のことだよ〟

とは言えず笑って誤魔化したが、不安げに俺を見つめるそんな表情すらも、可愛いと思ってしまう。

悩みの種が自分であるということには気づかずに心配してくれるユリアに、いっそ正直に相談してみようかとも思った。

だが、そんなことをしても彼女を困らせるだけだということはわかっている。〝待つ〟と言ったのは俺だ。しかし……。

〝この悩みを解決できるのは君だけだよ〟

そう言ったら、ユリアはなんて答えるだろうか。

〝君が俺と結婚してくれたら元気になるんだけど〟

そんなことを言ったら、彼女を困らせる。

〝君に触れたい。その艶のある髪に。なめらかな頬に。愛らしい唇に――〟

……だめだ‼　そんなこと言えるか‼

どうやら俺も相当参っているらしい。

いつまでも待つと言っておきながら、所詮俺もこの程度の男なのか。早くユリアの気持ちを自分だけのものにして、安心したいと思っている。

ユリアへの想いが積もりに積もって我慢が効かなくなってるなど、俺もまだまだ修行が足りないな。

そう自戒して「俺はだめだ」と呟くと、ユリアはすかさず否定してくれた。

彼女は俺がどんなことを考えているのか、知らないから。

純粋に心配してくれている彼女に罪悪感を覚えた俺は、この嫉妬同然の不安を正直に白状した。

気持ちを口にしたら、枷が外れたようにユリアへの想いが溢れてきて、思わず手を伸ばしてしまった。

だが触れるすんでのところで、はっとして思いとどまる。

俺はまだ、ユリアに触れることを許されていない。

本気で好きになった女性を前に、こうも自分をコントロールできなくなってしまうとは。

こんな男では、ユリアから魅力的に見えるはずもない。

そう思って自嘲したが、ユリアは俺の隣に移動すると、〝ルディさんが好き〟と言ってくれた。

嬉しすぎて、彼女を抱きしめた手は情けなくも震え、泣いてしまいそうになった。

しかし、ユリアの瞳からも涙がこぼれるのを見て、俺はその綺麗な瞳に吸い寄せられるように口づけを交わした。

嘘みたいだ。夢のようだ。

あんなに想っていたユリアが、ようやく俺の気持ちに応えてくれた。

俺は安堵して、彼女の首元に自分の顔を埋めた。

そうすれば、ぴくりと身を揺らして〝くすぐったいです〟なんて呟く彼女が可愛すぎて……。

ユリアの香りが鼻腔に広がる。ずっとここにいてその香りに酔いしれていたくなるが……同時に変な気も起きてしまいそうだった。

この白い首筋に吸い付いて、俺のものだという証を残したら……さすがにユリアは怒るだろうか。

「……そんな可愛いことを言われたら、俺は家まで我慢できなくなりそうだよ」

「え⁉　……ルディ、さん？」

それは本音だけど。

そう囁いたら、ユリアの身体が硬直したから、「冗談だよ」と言うように微笑んでおいた。

俺の中にも、まだ理性は残っていたようだ。

傭兵団の男1

季節はすっかり秋を迎え、過ごしやすい陽気が続いている。

その日、私はルディさんやフリッツさんとともに王都を離れていた。

北の森――ノージュの森に、再び魔物が現れた。

この国はここ数年、比較的大きな事件もなく穏やかだったのだけど、どうやらノージュの森で炎狐が繁殖してしまったらしい。

炎狐とは、多尾を持ち、火球を放つ狐の姿をした魔物。

数が少なければ森の奥でおとなしくしているようだけど、数が増えたために餌を求めて活動範囲を人里へと広げ、人的被害が出始めている。

もしも炎狐の群れが街を襲ってしまったら、甚大な被害をもたらすだろう。

そうなる前にと、ノージュの森に近い街から騎士団に派遣要請があり、第三騎士団とともに私も魔導師の一人として討伐についていくことになった。

ルディさんは私にはまだ危険だと、一緒に行くことを危惧していたけれど、私が自分の意思で同行することを望んだ。

私は耐火魔法を習得した。まだ実戦経験はないけれど、今の私なら役に立てるかもしれない。

不安な気持ちはあるけれど、既に覚悟はできている。

ここで行かなければ、私は今までなんのために頑張ってきたのかわからない。ようやく本格的に役に立てるかもしれないときが来たのだから。

それに第三騎士団が行くのなら、少しでもルディさんの力になりたいと、そう思った。

馬車で一週間ほどかけてやってきた北の街・ノーベルクでは、領主の屋敷に滞在させてもらえることになっている。

用意してくれていた部屋で少し休憩した後、ルディさんとフリッツさんは炎狐の話を聞くために領主と傭兵団の方たちと打ち合わせを行っていた。

私はその間もゆっくり休ませてもらっている。私はまだ正式な魔導師団員ではない。

ローベルト様のご厚意で仮に籍を置かせてもらっているだけ。

作戦会議とも呼べる席に、下っ端の下っ端である私も含めた全員が参加できるわけがない。

少し寂しい思いはあるけれど、馬車での長旅はあまり慣れていないから、少し疲れてしまったのも事実。

だから今のうちにゆっくり身体を休めておくことにする。

「──ユリア、いる？」

「はい」

部屋で紅茶を飲みながらのんびりくつろいでいると、扉をノックする音とともにフリッツさんの声が聞こえた。

「いたいた。森へは明日の朝一で発つことになったよ。それで、夕食前にちょっと街を見てこない？」

　部屋に入ってきたフリッツさんはなんとなく、うきうきしている。

「いいですよ」

　そんなフリッツさんの様子につられるように頷いて、私は一緒に外へ出た。

「……ルディさんは、まだ打ち合わせ中ですか？」

「うん。まだ明日のことで傭兵団の人たちと話をしてるよ。……ごめんね、誘いに来たのが僕で」

「別にがっかりなんてしていませんよ」

　そんなつもりで聞いたわけではないのに、わざとらしくいじけて見せるフリッツさんに、「他意はありません」と言っておく。

「いいのいいの、僕には気を遣わなくて大丈夫だよ。それよりユリアは、団長さんとどうなの？」

「え？」

　突然、にやりと口角を上げてそんなことを聞いてくるフリッツさん。

「とぼけないでよ！　やっと想いが通じ合ったんでしょう？」

「……どうして知っているんですか？」

「そんなの見てたらわかるよ。ユリア、最近すごく幸せそうだし。今回の討伐も旅行気分で楽しんでいたりして？」

「そんなわけないじゃないですか！　これは仕事ですよ!?」

フリッツさんとは訓練中もいつも一緒だし、歳が近いこともあってとても話しやすい。もちろん彼の人懐こい笑顔と性格のおかげもあるだろうけれど、気を抜いたら友人のような感覚になってしまう。

でも彼はあくまで上司であり、私の師匠でもあるのだから、それを忘れてはいけない。

だから、熱くなって大きな声を出してしまった自分を落ち着かせるため、咳払いをする。

「まぁそうか。わざわざ旅先でいちゃつかなくても、もう同じ家に住んでるもんね」

「……あの、何か勘違いされているようですけど、私たちはまだ正式に婚約したわけではありませんよ」

確かにルディさんとは、結婚の約束をした。けれど今はまだ、ただの口約束。正式に婚約の手続きをしたわけではない。

フレンケル家の籍から抜けた今の私では、すぐに公爵家のルディさんと婚約することはできない。あの家と関わりがなくなったことは本当に嬉しいけれど。

でも私ももっともっと力を付けてルディさんに見合う存在になれたら、ヴァイゲル家に相応しい家に養子入りできるかもしれない。ううん、この国では立派な功績を残した者には爵位が与えられることだってある。

前向きに考えられるようになっただけでも、前進していると思う。

「……ユリアってもしかして、そういう焦らす感じが好きなの？　うわ、団長さんかわいそ〜」

「焦らす？　……違いますよ‼」

そんな私の思いも知らずに、フリッツさんはわざとらしく顔をしかめた。

上司だからって、何を言ってもいいわけではないと思う。

「ははは、冗談だよ、怒らない怒らない！」

「……もう」

楽しんでいるのは、むしろフリッツさんなのでは？

そう思いながらも、隣でお気楽に笑っているフリッツさんに、緊張していた心が解けていくのを感じた。

そう、初めての討伐で、私は緊張していた。

街に誘い出してくれたのも、もしかしたら私が緊張しているのを読み取ってなのかもしれない。

やっぱりフリッツさんは、こう見えて結構鋭い方だから。

この街は王都ほどではないけれど、賑わいを見せていた。

炎狐は出たけれど、まだそんなに大きな被害が出たわけではないようだ。

行き交う人々はみんな穏やかな表情をしている。ここはきっといい街なのだろうなと、そう感じた。

「――あれ？」

そんなことを考えながら街を歩いていると、五歳くらいの女の子が一人できょろきょろしているのが目に留まった。

「フリッツさん、あの子……一人なのでしょうか」

「本当だ」

私の言葉に、フリッツさんもその子を見つめる。近くに親と思われる人の姿はない。

「もしかして迷子かな？」

二人で顔を見合わせて、不安げに瞳を潤ませている女の子に声をかけてみることにした。

「こんにちは」

「……こんにちは」

「私、ユリアーネ。あなたは？」

膝を折って彼女の目線に合わせてから尋ねる。

「……エミー」

「そう、エミーちゃん。一人？　お父さんかお母さんは、いるかしら？」

「……お母さん、いなくなっちゃって……、わたしが、お母さんの手を放しちゃったから……！」

そう言うと、エミーちゃんの大きな瞳からうるりと涙が溢れた。

「大丈夫よ、泣かないで？　一緒に探しましょう？」

「うん……っ」

ひっく、ひっくとしゃくりあげながら目を擦るエミーちゃんの頭を撫でて、私はその手を優しく握った。エミーちゃんも強く握り返してくれる。

「……って言っても、この街のことは僕たちにはよくわからないしねぇ……」

「そんなこと言わないでください、フリッツさん。きっとこの子の母親も必死になって探しているはずです」

「そうだね。人攫いとかに連れていかれてもかわいそうだし、一緒にいてあげようか」

私にだけ聞こえるように耳元でひそひそと話すフリッツさん。

この子の足なら、はぐれてからそう遠くへ来ていないと思うんだけどなぁ……。

辺りを見渡しながら、同じように人を探していそうな方はいないか気にしていると、フリッツさんが「あ」と声を上げた。

「あれってこの街の傭兵団の人じゃない？」

「……？」

母親らしき人でも見つけたのかと思ったけれど、彼が指さした方向にいたのは、一人の男性。

王宮騎士に比べると少し細身でなんとなく頼りない感じがするけれど、明らかに着ている服が街の人たちとは違う。

それにマントに隠れているけれど、腰には剣を帯びている。

「……そうかもしれないですね」

「たぶんそう。さっき領主の館で会った傭兵と同じマントだし。おーい！」

そう言うと、フリッツさんは彼に向かって手を振り、大声を出した。

「ちょっと、フリッツさん……！」

周囲の人が注目するのも構わず、大声を上げたフリッツさんに気づいて、マントの男性が近づいてきた。

「はい、どうかしましたか？」

「君、この街の傭兵団の人だよね？」

「ええ、そうですが」

「やっぱり！」

茶色い髪に、少し下がった細い眉。近くで見てもそんなにがっしりした体格ではなさそうだし、まだ若い傭兵のようだ。

まだ傭兵団に入ったばかりの新兵なのかもしれない。

「この子迷子らしいんだけど、どこの子か知らない？」

「迷子ですか……。ううん、実は僕もまだこの街に来てそんなに長くなくて……顔が広くないんですよね」

頼りなく笑みを浮かべながら、彼は申し訳なさそうに頭を掻いた。

「なんだ、そうなの。でも一緒に探してよ。お母さんと一緒だったらしいんだ」

「はい、もちろんです。お嬢ちゃん、おいで」

彼はそう言うと、エミーちゃんを両手で抱き上げた。

「！」

「どうだい？　これで遠くまで見えるだろう？　お母さんが見えたら教えてくれる？」

「うん！」

エミーちゃんを自分の肩に乗せ、しっかりとその脚を掴んで歩き出す彼に、一瞬ぎょっとして目を見開く。

危なくない……かな？

やめさせようかとも思ったけれど、先ほどまで泣き顔だったエミーちゃんが楽しそうに笑っているのを見て、思い直した。

身体はしっかり支えているし、大丈夫かな……？

少しはらはらしながらも、フリッツさんと一緒に彼を挟むように歩いていると、後ろから「エミー！」と呼ぶ声が。

「お母さん！」

「エミー！　よかった、無事だったのね……‼」

足を止めて振り返ると、母親らしい女性が息を切らせて駆け寄ってきた。

「本当によかった……。手を放してごめんね」

「わたしも、ごめんなさい」

エミーちゃんが肩から降りると、母親は娘を抱きしめてから私たちに頭を下げた。

「本当にありがとうございました。あなたのおかげですぐにわかりました」

「いいえ、これが僕の仕事ですから！」

「エミーちゃん、お母さんが見つかってよかったね」

「うん、ありがとう！　お姉ちゃん、お兄ちゃん！」

何度も振り返りながら頭を下げている母親と、手を振っているエミーちゃんを見送った。

それから、改めて傭兵の男性と向かい合う。

「迷子の子供を見つけてくれてありがとうございました」

傭兵の彼が私たちに向かって言う。

「ううん、ある意味僕たちもこれが仕事だからね」

「……と、言いますと？」

「実は僕たちは王宮から派遣された魔導師なんだ」

「宮廷魔導師様……！」

笑顔で告げたフリッツさんの言葉に、彼はピシッと背筋を伸ばして敬礼した。

「いいよいいよ、そういうのは。ところで明日は君も討伐に参加するの？」

「はいっ！　自分はまだ傭兵経験は浅いですが、明日はご一緒させていただく予定です！」

はきはきと答えるその仕草に、なんとなく王宮騎士団の新兵を思い出す。

初々しい。ルディさんやハンスさんにもこういう時代があったのだろうかと一瞬想像して、思わず笑みがこぼれる。

「そうなんだ。じゃあ明日はよろしくね」

「ハッ！　魔導師様や騎士様たちとご一緒できるなんて、僕にはとても光栄なことです！」

「そう？　そんなに大したものじゃないと思うけど」

「いいえ、僕の憧れでした……。実は僕も、騎士団に入るのが夢だったんです」

「ふーん。そうなんだ」

「……まぁ、今となってはこの街の傭兵団も悪くないと思ってるんですけどね。僕、来月子供が生まれるんですよ」

「まぁ、それは楽しみですね！」

「はい！　なのでこの街で精一杯頑張ろうと思っています！」

最初は少し頼りない感じがしたけれど、子供の話をする彼の表情はもう親のそれだった。

その笑顔からは彼の本心が伝わってきた。

「うん、それじゃあ明日はよろしく。……そんなに張り切って、死なないようにね？」

それなのに、そんな彼の本心に水を差すようなことを、フリッツさんが口にする。

「フリッツさん‼」

「あはは、冗談冗談」

なんという冗談ですか、もう。

彼も苦笑いを浮かべて応えているけれど、フリッツさんは相変わらずの笑顔でヒラヒラと手を振っている。そんなフリッツさんを引っ張るようにして私はその場を後にした。

＊

翌日、ノーベルク領の傭兵団と第三騎士団、そして私たち魔導師は、朝早くから馬と馬車でノージュの森へ向けて出発した。


「――ユリア、疲れたら無理をせずに言ってね」

「はい、ありがとうございます。ですが私はこう見えて結構体力には自信があるんです」

森に着くと、そこから森の中を進むのは徒歩になる。

領主の屋敷を出てから馬車の中でもずっとルディさんが私の隣にいて、今も隣を歩きながらこうして気遣ってくれるけど、私はそこらの箱入りご令嬢とは違うのです。

毎日こき使われて育った体力は、並のものではありません。

森の中は少し歩きづらいけど……。

「本当に心配性ですよね。団長さんは」

そんな私たちを横目で見ながら、フリッツさんはわざとらしい溜め息をついた。

「当然だろう。ユリアは討伐に出るための訓練は受けていないのだから」

「でも僕が毎日みっちり鍛えてきたので、そんなにやわじゃないですよ。ねぇ、ユリア」

「ええ……、そうね」

「…………」

ルディさんはフリッツさんのその言葉にわかりやすく顔をしかめた。対するフリッツさんは、その視線に気づかないふりをしている。

私を挟んで、やめてください……。

っていうかフリッツさん、やっぱり楽しんでますよね？

「あ、そういえば昨日の方はどちらにいらっしゃるのでしょうね！」

「昨日の方？」

「ええ、昨日フリッツさんと――」

そこまで言って、はっとした。

この雰囲気を変えようと思って言ったけど、フリッツさんと二人で出かけたなんて知ったら、もしかして逆効果……？

相手はいつも一緒にいるフリッツさんだから、今更何もないのだけど。先ほどの様子からすると、ルディさんは正直面白くないかも。

「ユリア？」

「ええっと……」

「ああ、昨日僕たちがデート中に会った彼のことだね！」

「!?」

けれど、焦る私の顔を見て、フリッツさんはにんまり笑ってそう言った。

ルディさんは低い声でその言葉を繰り返す。

「……デート？」

「デートではありませんよ！　少し街を見てきただけです！　ねぇ、そうですよね、フリッツさん‼」

手も繋いでいなければ食事もしていない。

本当に街を歩いてきただけ。

そして迷子の女の子を助けて、傭兵団の人と話をしただけ。

デートではなく、あれは見回りだわ……！　そう、お仕事です‼

「えー？　僕はデートだと思っていたのになぁ」

「嘘言わないでください‼」

ニヤニヤと笑っているフリッツさんは、絶対にふざけているだけ。

私にはわかるけど、ルディさんはどうだろう……。ドキドキしながらそっとルディさんの顔色を窺えば、やはり彼は不満げにフリッツさんを睨んでいた。

「違いますよ、ルディさん！　フリッツさんにからかわれているだけです！」

「……うん、わかっているよ、ユリア。それで、昨日の彼とは？」

私にはいつもの笑顔を見せてくれたけど、すぐに低い声でフリッツさんに問いかけるルディさん。

「そのとき迷子の女の子を見つけて、たまたま会った傭兵団の人に一緒に母親を探してもらったんですよ。その人も今日の討伐に参加するって言ってたから。……もしかして、もう一度彼に会いたいのかな？　ユリア」

だから、どうしてそんな言い方をするんですか、フリッツさん‼

「会いたいわけではなくて……！」

「団長さんとは全然違う雰囲気の、いかにも優しそ～な人だったけど。ユリアって、本当はああいうのがタイプなの？」

「ち、違います……！　私が好きなのはルディさんだけで――」

なかなか魔物が出なくて退屈しているのか、フリッツさんの暇つぶしにまんまと乗ってしまった。

それに気づいて言葉を途中で呑み込むけれど、たぶんもう遅い。

ルディさんの顔を窺うようにそーっと視線を向けると、なぜか彼は怖い顔をしたまま立ち止まっていた。

「傭兵団の男に、会ったのか……？」

「……は、はい」

突っ込むところ、そこですか？　と、思わず自分で言ってしまいそうになったけど、ルディさんは少し焦ったような顔をしている。

「……ルディさん？　どうしました？」

「あ……いや……、すまない。なんでもないんだ。まぁ、街なら平気だと思うが、この森はとても危険だから、傭兵団のところへ行くのはよくないな。実力は騎士団より劣るだろう。ユリアは絶対に俺から離れないように」

「……はい」

すぐにいつもの笑顔に戻って、再び歩みを進めるルディさん。

それにしても、ルディさんはどうしたのかしら。傭兵団の方と、何かあったのかしら。

「……僕より傭兵団の男に妬いたのかな？」

「うーん……」

フリッツさんも、ルディさんの様子がおかしいことに気づいたようで、私の耳元でこっそりと呟く。

それからも私たちは途中何度か休憩を挟みながら、数時間かけての奥へと進んでいった。

今のところ炎狐も他の魔物も出てこない。

この大人数だから、魔物も警戒しているのかもしれない。

そして昼食をとるために再び休んでいたときだった。

「――いたぞ‼　炎狐だ‼」

私たちがいた場所から少し離れたところで、叫び声が聞こえた。

ルディさんもフリッツさんもすぐに立ち上がり、構えるようにそちらに身体を向ける。

視界の先からは傭兵団の方たちが剣で応戦している音が聞こえてくる。

「ユリア、君はここにいて！」

「ですが……！」

周辺では攻撃力や防御力を上げる強化魔法が使える魔導師たちが、速やかに騎士団に魔法をかけていく。

私も耐火魔法を……！

そう思ってもたついている間に、ルディさんとフリッツさんはあっという間に遠くへ行ってしまった。

……速い‼

けれどここでおとなしく待っているだけでは、一緒に来た意味がない。

私は森へピクニックをしに来たわけではないのだから。

だから覚悟を決めて自分に耐火魔法をかけ、二人を追った。

「盾を持っている者は前へ‼」

「そっち！　後ろにもいるぞ‼　気を抜くな‼」

炎狐が見える位置まで近づくと、熱気を感じた。

狐にしては大きめで、赤い毛に覆われたその魔物は、私が確認できるだけでも十体以上いる。

しっぽが二つや三つに分かれており、より大きな個体はしっぽの数も多い。普通の狐とは明らかに違う。鋭い牙や爪をむき出しており、恐ろしく鋭い目をしている。

傭兵団も騎士団も、放たれる火球を避けたり盾で防いだりしながら、なかなか距離を詰められずに苦戦している。

「……っ！」

そんな中、ルディさんは盾も持たずに炎狐の前に出ると、火が放たれる前に一振りでその身を斬り伏せた。

「……すごい」

ルディさんが剣を握って戦っている姿は初めて見た。こんな状況なのに、格好いいと思ってしまう。

緊張と恐怖も相まって、胸がドキドキと高鳴る。

「団長‼」

「……っ！」

けれど、魔物も数がいる。

一体に斬りかかっていたルディさんの背後から、別の個体が彼に向けて開口した。

「危ない‼」

火球を放たれる――！

咄嗟に前に出た私は、ルディさんに向けて祈るような思いで耐火魔法をかけた。

その直後に放たれた火球が、彼の左肩をかすめる。

「ルディさん‼」

「……っ‼」

けれど彼は素早く振り返り、自分に火球を放った個体をも一撃で仕留めた。

「……ユリア」

「……あ」

震える足で一歩近づき、火球が当たった彼の肩に目を向ける。

けれどそこは、マントにすら焦げ一つついていなかった。

心の底から安堵するのと同時に、私の身体から力が抜けていく。

「……よかった」

「すごいな……、ありがとう。君はここにいる者たちに可能なかぎりその魔法をかけてくれ」

「はい！」

私にそう命じて、ルディさんは襲われている騎士たちを助けに向かった。

しっかりしなければ。ルディさんはこの場の責任者として私に命じたのだから。

私も、魔導師の一員として認められた気がした。

私でもちゃんと、この場で役に立つことができる。

一部屋まるごとに耐熱魔法をかけたときのように、この場にいる人たち全員に耐火魔法をかけるべく、意識を集中させる。

ルディさんが、「魔法をかけている間、ユリアを守れ！」と叫ぶと、騎士団の方たちが盾を持って私を囲ってくれた。

大丈夫。私はもう自分に耐火魔法をかけているから、気を乱さずに集中して、早くみんなにも――。

じわじわと、近くにいる者から順番にその魔法がかかっていくのを感じていた、そのとき。

「うわぁぁぁ‼」

恐怖に震え上がった叫び声が、私の耳に届いた。

何事かと目を開けば、昨日街で会った傭兵団の男性が、炎狐を前に倒れ込んでいるのが見えた。

剣を落としてしまったのね――――！

炎狐は口を開け、今にも火球を放とうとしている。

「……っ‼」

私は彼に向かって手を伸ばし、思い切り魔力を飛ばすイメージで彼に魔法をかけた。

「ひぃっ‼」

腕で頭を庇う彼に、放たれた火球は直撃した。けれど、どうやら間に合ったらしい。

彼は苦痛の声を上げることなく、何が起きたのかわからないというような表情を浮べている。

「大丈夫？　お兄さん」

私が耐火魔法をかけるのとほぼ同時に炎狐を葬ったフリッツさんが、茫然としている彼に声をかけた。

風の魔法を使い、武器も使わずに炎狐の命を絶ったようだ。フリッツさんの顔には余裕の色が浮かんでいる。

やっぱりフリッツさんは、ああ見えて優秀な魔導師なんだわ……。

さすが、副師団長様。

その光景に安心して、私は再び他の方たちにも耐火魔法をかけるべく、意識を集中させた。

――そして数十分後、ルディさんやフリッツさんたちの活躍により、現れた炎狐をすべて討伐することに成功した。

辺りには皆さんの歓声が響いている。

「さっきの魔法……、あれはあなたがかけてくれたのですか……？」

ほっとして胸を撫で下ろす私のもとに、先ほどの傭兵団の男性が歩み寄ってきた。

まだ少しぼんやりとした様子で。

「ええ。お怪我はありませんか？」

「はい……、大丈夫です。あなたのおかげで助かりました。本当にありがとうございます‼」

彼はそう言って、深々と頭を下げた。

「いいえ。私は私の役目をまっとうしただけですので」

「いや、あなたは命の恩人です！　このカール・グレルマン、このご恩は一生忘れません‼」

「────え？」

聞き覚えのある名前が告げられて一瞬頭が真っ白になったそのとき。私のもとに誰かがものすごい勢いで走ってきていたことに気がついた。

「……ルディ、さん」

それがルディさんだと認識したのと同時に力強く腕を掴まれ、弾かれるように彼を見上げる。

余裕のない表情で私を見つめるルディさんを見て、ひやりと冷たい汗が背中を伝った。

「ルディアルト教官……！」

そして傭兵団の男性は、ルディさんを見てそう声を上げた。

……どうやら、たまたま同じ名前だったというわけではなさそうね。

そうか。ルディさんは知っていたのね。だから傭兵団に近づいてほしくなかったのかしら。

ルディさんは息を切らしているから、私と彼が接近しているのを見て慌てて来てくれたんだと思う。

……でも、もう彼の名前を聞いてしまいました。

「教官、ご無沙汰しております‼　僕、あのときは本当に――」

「俺はもう教官ではない。悪いが、あとにしてくれ」

「……あ、ルディアルト教官！」

「行こう」

ルディさんは怖い顔をしたまま彼に背を向け、私の手を引いて歩き出した。

私の名前を呼ばなかったのは、彼に私が元婚約者だと気づかれないようにだろう。

私たちは、結局顔を知らないまま婚約が解消されたのだから。

「――ユリア、怪我はない？」

彼から離れた場所まで来て、ルディさんが声をかけてきた。

「はい」

「そうか」

「ルディさんは？」

「俺も大丈夫だ。君のおかげで」

「よかったです」

「ユリアは本当にすごいよ。君のおかげで誰も死ななかった。火球を恐れずに戦えたのは、君のおかげだ」

「……いいえ、そんな」

ルディさんはまっすぐ前だけを見て、私のことは振り返らずに手を引きながらそう言った。

怪我をした者は魔導師団の回復ポーションで治療できた。

幸い、死者も重傷者も出なかったようだ。

結局、会話はそれだけで、帰り道でも〝彼〟のことがルディさんの口から語られることはなかった。

それでも私は何か言ってほしくて、愁いを含んだルディさんの横顔を見つめながら、こっちを見てほしいと、願った。

傭兵団の男2

　結果的に大きな被害を出すことなく無事に炎狐の討伐を終えた私たちは、ノーベルク領主の屋敷へ戻った。

　ルディさんはその後も事後処理などに追われて忙しそうにしていて、話す時間どころか顔を合わせることもできなかった。

　傭兵団の方たちともゆっくり話す機会はなく別れ、私はフリッツさんたち魔導師団員と夕食を済ませ、早めにお風呂に入って部屋で休むことにした。

　けれど、初めての討伐でまだ気持ちが落ち着かないせいか、今日の出来事を色々と思い返してしまうせいか、まだ眠れる気がしない。

　だから少し外の空気を吸いたいと思い、使用人にお断りをして庭に出ようとしていたとき。

「ユリア」

　少し疲れを感じさせる声で私を呼んだルディさんに、振り返る。

「どこかに行くの？」

「はい……少し庭に出ようと」

「俺も一緒にいいかな？」

「はい、もちろんです」

やっと手が空いたのかしら。ちゃんと食事はとったかしら。

……少しは、休めたかしら。

そんなことを頭の中で考えながらも、疲労の浮かぶルディさんに小さく笑みを返し、私たちは庭に置かれていたベンチに座った。

「……すまなかった」

「え？」

少しの間沈黙した後、謝罪の言葉を口にするルディさん。

「俺もここへ来て知ったんだ。まさか親に勘当された彼が……カールが、この街の傭兵団に入っていたとは。知っていたらどうやってでも君を一緒に連れてくることはなかったんだが……」

悔しそうにそう言ったルディさんの視線は私に向いていない。膝の上で拳を握り、自分を責めているように見える。

「いいえ。私も驚きましたが、ルディさんが謝ることではありません。どうかご自分をそんなに責めないでください」

「……ありがとう」

彼のほうに身体を向けて言葉を返せば、ルディさんもようやく私に視線を向けて小さく笑みを浮かべてくれた。

けれどまだ少し、何か言いたそうに見える。

それに、その顔にはやっぱりとても疲労が窺える。

昼間の討伐ではルディさんが一番動いていたし、誰よりも活躍されていたから……当然かもしれないけれど。

そのうえ、帰ってからも事後処理に追われて、更には私とカール・グレルマンのことにまで気を遣わせてしまっているのだから。

この人は、一人でなんでも背負い込んでしまっているんだわ……。

「……彼、来月子供が生まれるそうですよ」

「そうか、もうそんなに経つか」

「とても幸せそうにしていました。彼は親に勘当されてしまったのかもしれないけど、これでよかったんだと思います」

「……」

「それに、そのおかげで私は今、こうしてルディさんと肩を並べて、お話しすることもできているのですから」

「……ユリア」

本心でそう言って微笑むと、ルディさんは一瞬躊躇いを見せた後、私の身体を強く抱きしめた。

「……ルディさん？」

「すまない……少しだけ、こうしていたい」

「……」

謝らなくていいのに。

表情は窺えないけれど、その声からルディさんが相当切羽詰まっているのを感じた。

張り詰めていた糸が切れてしまったように、強く身体を抱きしめられる。

触れ合っている彼の体温からは、黙っていても彼の想いが伝わってきて、じんわりと胸が締めつけられていった。

不安だったんですね、色々と。

「……大丈夫ですよ」

こんなに大きくて、たくましくて、強くて……誰もが憧れるような立派な団長様なのに。

いつかルディさんが言っていた、私の前では〝ただのルディでいたい〟という言葉。

今の彼は、まさにそれだった。

でも、それでいい。私の前では、騎士団長の肩書きも、公爵令息という地位も、何もなくても、いいです。

「あまり無理をしないでください。私の前では気を張らなくてもいいですよ」

そんなルディさんがとても愛おしくて。私も彼の背中に腕を回すと、ぽんぽんとあやすように優しく撫でた。

「ユリア……」

抱きしめる腕に力がこもるルディさん。

私たちの身体がより密着して、ルディさんからドクドクと高鳴る心音が伝わってくる。

私のことでいつもこんなに必死になってくれる彼が、とても愛おしい。

「……このまま俺の部屋に連れて帰りたい。そうしたら疲れも吹き飛ぶ」

「それはだめですよ」

「…………わかってる」

「その割には今、随分間がありましたね？」

「気のせいだよ」

そう言って小さく笑うと、少し名残惜しげにそっと身体を離した。

いつも何事にもとても余裕があって、完璧な方なのに。こんなに隙だらけのルディさんは珍しい。

でも私にそんな一面を見せてくれたことが、やっぱり嬉しくて。

「私はルディさんのことが大好きですし、いつでも呼んでくれたら駆けつけます！」

「ありがとう。俺も大好きだよ、ユリア」

そう言ったルディさんにもう一度強く抱きしめられたから、今夜はまだまだ眠れそうにない。


――翌日、王都へ帰るため馬車に荷物を載せていたルディさんが、何かを決心したような表情で私を見て口を開いた。

「ユリア。君が彼から直接謝罪を望むなら、帰る前にその場を設けようと思う」

グレルマン家とは、私はその後なんのやり取りもしていない。義父は捕まったし、婚約解消の手続きはルディさんがしてくれた。

「……いいえ、そんなことは望みません。彼は私に気づいていない様子でしたので、あのまま私のことは忘れて、家族三人で幸せな家庭を築いてくれることを望みます」

「……そうか」

それが生まれてくる子供のためでもあると思う。

カール・グレルマンの話を聞いたとき、相手の女性のお腹にいるという子供のことだけがとても心配だった。

幸せになれるのだろうか。せっかく生まれても、親の都合で不幸になってしまうのではないかと、それだけが気がかりだった。

けれどこの街の傭兵団に入れたのなら、きっと大丈夫ね。

彼には新しい幸せを見つけて、元気に生きていってほしいと思ってる。

最初に手紙を書いてくれていたのは、間違いなく彼自身だった。彼は本来、ああいう思いやりがある人間なのだから。

そう思い、馬車へ乗り込もうとしたときだった。

「ルディアルト団長……！」

「……！」

昨日も聞いた男性の声に、私とルディさんは揃ってそちらに顔を向けた。

「おまえ……何をしに来た」

「その……」

ぜぃぜぃと息を切らせながら走ってきたその男性――カール・グレルマンは、ルディさんの隣に立つ私にちらりと視線を向けると、その場で膝をついて深く頭を下げた。

「その節は、本当に申し訳ございませんでした……‼」

「え……っ」

「よせ。あのときの件なら、おまえの処分はもうついている」

……びっくりした。

そうか、彼はルディさんにも迷惑をかける形で王宮から出て行ったから……。そのことね。

ルディさんに立ち上がるよう促された彼は、もう一度私に視線を向けた。

「本当に、申し訳なかった……、です」

「……」

「……もういいんだ。おまえは生まれてくる子供と、この街の人々を守ることだけを考えて生きていけばいい」

「はい……」

背中を丸めて立ち上がる彼の前に、ルディさんは私の視界から遮るようにして立った。

そして、小さく続けた。

「あのときの彼女も、それを望んでいるだろう。彼女はとても素敵な女性だから。悪いと思っているのなら、生まれてくる子供を必ず幸せにしてやってくれ」

ルディさんの言葉に、彼はばっと顔を上げ、一瞬だけ私を見た後、すぐにルディさんへと視線を移して唇を震わせた。

「……はいっ、ありがとう……、ございます……っ、すみませんでした……、本当に、ありがとう……っ、ございます……‼」

彼はぼろぼろと涙を流し、堰を切ったように何度もその言葉を口にした。

ルディさんはただ黙ってそれを聞き、彼の肩に手を置いた。

それからはもう、彼が私を見ることはなかった。

もしかすると、彼は気づいていたのかもしれない。

ルディさんは言わないだろうから、フリッツさんか誰かが意図せず私の名前を呼んだのを聞いてしまったのか。

それとも耐火魔法を使った女性は誰なのかと、聞いたのかもしれない。

どちらにしても、おそらく彼は私に謝るために来たのだろう。

昨日ルディさんに手を引かれて行く姿を見ているから、私たちの関係にも気がついて、あえてこのような形を取ったのかもしれない。

わざわざあのときの話を掘り返えさなくても、こうして走って謝りに来てくれたのなら、それだけでもう十分。

それはきっと、ルディさんも感じているはず。

彼の涙を見て、きっと同じ過ちを二度と起こさないだろうと、そう感じた。

……いや、そう願った。

これからの私たち

王都に戻った私たちは、またいつも通りの生活を送るはずだった。

魔導師団の団員には、一緒に討伐に出た仲間から話を聞いたらしく「大活躍だったんだって？ すごいな！」とはやし立てられたけど、すごかったのは騎士団の皆さんですよ！

鍛え抜かれたその身体で剣を振るい、魔物を倒す騎士団の方々は、とても格好よかった。

……もちろん、特にルディさんが。

私にはとても真似できそうもないけれど、少しでもそのアシストを行えたのならよかった。

そんなふうに思って過ごしていたら、私とフリッツさんはローベルト様に呼び出された。

どうやら、国王陛下がお呼びとのこと。

今回の討伐で活躍したルディさんやフリッツさんが呼ばれるのはわかるけど、下っ端の下っ端である私まで一緒とは、どうしてかしら……。

「──此度の活躍、誠に大儀であった。特にルディアルトとフリッツの活躍は見事である。第三騎士団と魔導師団には働きに見合った褒美を取らせる」

謁見の間にて、私はローベルト様、フリッツさん、そしてルディさんとともに陛下の前で頭を下げた。

魔導師団長、副師団長、騎士団長と並ぶ中に、私がいるのはやはりおかしい。

場違いである気さえして、どうも居心地が悪いというか、恐れ多いというか……。

それなのに、顔を上げるよう言われて視線を前に向けると、なぜか陛下と目が合った。

私を見てる……？

「それにユリアーネ。君の活躍もルディアルトやノーベルク伯爵から聞いたよ。耐火魔法のおかげで死者が一人も出なかったそうだね」

「恐縮でございます、陛下。私は魔導師団員の一人として自分の役割をまっとうしただけです」

私へ言葉が投げかけられ、再び深々と頭を下げる。

「ふむ……。相変わらずだな。しかしその魔法がなければ苦戦を強いられていたことだろう。街への被害も出さずに済んだのだ。ユリアーネ、遠慮はいらん。魔導師団への褒美とは別に、特別報酬を与えよう。欲しいものがあればなんなりと申してみよ」

陛下からの予期せぬ言葉に、すぐに返事ができずに慌ててしまう。

欲しいもの……。もし許されるのならば、欲しいものはある。

――けれど。

「……私がお役に立つことができたのは、ルディアルト団長様や魔導師団の皆様のおかげです。それにヴァイゲル公爵様にも大変お世話になっておりますので、私の望みは皆様にご恩をお返しすることです」

「……なるほど」

私は既に返しきれないほどのものをいただいている。その恩をお返しするのは、当然のこと。

これ以上何かを望むなんて、あまりにも恐れ多い。

陛下は、「ふむ……」と唸ると、従者に合図を送る。

「ユリアーネ」

「はい」

そして、従者から受け取った書類のようなものを、私の前に掲げた。

「本来は君が十八歳になり、成人を迎えるその日までは伏せておくつもりであったが――それまであと、ふた月だ。もうよいだろう」

「……？」

紙に書かれている文字を、目を凝らして見つめる。

陛下とは少し距離があるので何が書かれているのかはっきり読めないけれど、一番下に書かれたサインは、遠い昔に見覚えのある名前だった。

「君の父、フィーメル伯爵は病に倒れたが、その命が尽きる前に遺書と、この書類を遺した」

陛下の言葉を、震える手を握りしめてしっかりと聞く。

「君の母には現金などの財産を、娘であるユリアーネには、いずれ成人した際に伯爵位とその領地を引き継げる権利を――と」

「え――」

静かに告げられた言葉に、頭の中が一瞬真っ白になった。

「何者にも邪魔されぬよう、フィーメル伯爵は夫人にもこのことを黙っていたようだが、それは正しかっただろう。のちに再婚したあの男がこれを知れば、その領地まで奪っていたかもしれないからな」

財産は、義父に奪われてしまった。私にはもう、何も残っていないのだと思っていた。

「フィーメル領は君の父が唯一信頼していた代理人が現在管理している。君も幼い頃に会っていただろう、執事だった者がね」

「では──」

「君は間違いなく、ユリアーネ・フィーメルだよ」

ああ、そんな……。

領地は遠い親戚が引き継いだと聞いていたのに。幼い頃に亡くなった父が、私にそんなものを遺してくれていたなんて──。

私はただ、陛下に頭を下げることしかできなかった。

「ユリア」

そうしていたら、今度はルディさんに名前を呼ばれた。溢れそうになっていた涙をぐっと堪えて姿勢を正し、胸を張り、顎を引いて彼に視線を向ける。

「君はいつも健気でまっすぐだったね。どんな環境下であろうと、ひたむきに気高く生きている君の姿に俺は惹かれた。少し危なっかしいところもあるが、そんな君の隣にいる権利を俺にくれるなら、将来的にフィーメル領を一緒に守っていきたい」

そう言って、ルディさんは私の前まで来ると跪き、そっと手を取って私を見つめた。

ルディさんはいつもこうして私だけを見てくれていた。

初めて出会った一年半前のあの頃からとても優しくて、彼は私の憧れの人だった。

すべてを諦めてしまいそうだったときに、救ってくれたのも彼だった。

本当に、私にはもったいないくらいに素敵な男性。

これで私は、ようやく彼と正式に婚約できる。

変わらず私を想ってくれているルディさんには、これからも精一杯の気持ちで応えていこうと思う。

どんなに世界が広がっても、誰に必要とされても、私の気持ちはずっと変わらない。

ルディさんの瞳は私にそう思わせてくれる力があった。

「……ありがとうございます、ずっと一緒に、フィーメルの地と民を守っていきたいです」

握られた手に私も力を込めて、はっきりとお伝えする。立ち上がった彼はにこりと笑ってくれたけど、私はじんわりと涙が込み上げてきて、視界が歪みそうになった。

「ユリア……」

感極まったような表情で熱い視線を送り、私の手を包み込んでいる手にぎゅっと力を込めた……そのまま引き寄せられるかと思ったとき、ヴァイゲル公爵が「おほん！」と大きく咳払いをした。

「ルディ。嬉しいのはわかるが、今は陛下の御前だぞ」

「……失礼いたしました」

はっとしたように我に返り、陛下に頭を下げるルディさん。

「ははは、よいよい。めでたいことだ。ユリアーネのためにも、これからもますます励めよ、ルディアルト」

「ハッ！」

右手を左胸に当て、力強く返事をして頭を下げるルディさんだけど、左手はまだ私の手を握っていた。

とても強く「もう二度と離さない」と、そう言われている気がした。

そんな彼の隣で私も一緒に頭を下げ、祝福の言葉をお受けした。

「ユリアーネ、私からも一ついいかな？」

「はい」

顔を上げたとき、ヴァイゲル公爵が私に声をかけた。

「息子の代わりに、いや……今は亡きお父上の代わりに、一つ教えておこう」

「……はい」

「本物の愛とは、無償のものなのだよ」

にこりと、穏やかに微笑むその顔には父親の愛が感じられた。

私にはもう随分昔の記憶しかない、それだった。

「君の本当の両親も、かつては君に無償の愛を与えてくれたはずだ。もちろん世の中には政略的な偽りの愛も溢れているが、我が息子が君に抱いているのは、最初から無償の愛だった。たとえ君が身一つでうちに嫁いできていても、ルディはそれを補う器量は持ち合わせているよ」

堂々とそう言い放つヴァイゲル公爵は、ルディさんをとても信頼しているのだということが、ひしひしと伝わってきた。

私には、私たちには、とても心強い味方がいる。

絶対的な無償の愛をくれる家族や仲間の存在。

それに、この国の最高峰とも言える権力者たちがこうしてあたたかく私たちを見守ってくれている。

お父様、お母様……。私はなんて幸せな娘なのでしょう。

隣を見上げると、愛しい人が優しく私を見つめて、微笑んでくれていた。

国王も、宰相も、魔導師団長も、副師団長も。

みんながあたたかく私たちに祝福の目を向けてくれている。

私はもう、役立たずのユリアーネではない。

自信も、誇りも、愛も持っているのだから――。

彼と歩むこれからの日々を想像して胸を熱くさせ、私もルディさんに握られた手を強く握り返した。

――その後、私たちは謁見の間を出てそれぞれの持ち場に戻る。ルディさんは騎士団棟へ、私は魔導団棟へ。

「それじゃあ、ユリア。今日も仕事が終わったらすぐ迎えに行くから」

「はい、お待ちしております」

ずっと繋がれていた手が名残惜しげに離れていき、ルディさんはローベルト様に目配せを送ると、背中を向けて騎士団の棟へと歩いていった。

旦那様になる方の後ろ姿をぼんやりと見送っていると、フリッツさんがニヤ、と音を立てたような笑みを浮かべた。

「おめでとう、ユリア。国王陛下のお墨付きをいただいたし、これで堂々と団長さんの婚約者として隣にいられるね。まぁ、これまでだってそうしてよかったと思うけど」

「……はい、ありがとうございます」

私がルディさんに相応しくないと気にしていたのを、フリッツさんは知っている。だから、とても嬉しそうに見える。

「私も正式に魔導師団の一員になれるよう、これからも頑張りますね！」

私のそんな言葉に、二人は足を止めると、きょとんとした表情を浮かべた。

「え？　ユリア、何を言ってるの？」

「……？」

顔をしかめるフリッツさんに、私も歩みを止める。

「ああ……それは私のせいだな。……そうか、言っていなかったか」

「しっかりしてくださいよ、師団長！」

「……？」

私を置いて話している二人に首を傾げると、ローベルト様は申し訳なさそうに笑って言った。

「悪かった。ユリアーネ、君はもうとっくに魔導師団員の一員だよ？」

「え？」

当然のようにそう教えられたけど。正式に魔導師団に入団するためには、試験があるはず。

……まさか、師団長様の推薦があれば試験は免除なの……？

「逆に、君はなんだと思っていたんだ？」

「……魔導師見習いというか、ローベルト様のおかげで仮の籍をいただけているだけだと……」

「あんな活躍をする者が、見習いのはずないだろう？　まぁ、私の言葉が足りなかったんだな。

いや、すまなかった。……だが、ルディと結婚するならば魔導師団を抜けて家に入ることもできるが、どうする？」

それは、考えていなかった。

そうか……。確かに結婚すれば家で夫を支えていく、ということもできる。

ルディさんは、そうしてほしいかしら……。

彼がこの場にいたらなんと言うだろう。それを想像して、私は答えた。

「私は、これからも魔導師団で皆さんのお役に立ちたいです！」

「わかった。ルディもきっと、そう言うだろうね」

ローベルト様も、どうやら考えは一緒だったみたい。

こうして私は、名実ともに宮廷魔導師団の一員となった。

「………あの」

「ん？　どうしたの、ユリア」

その日の帰り。

約束通り……というか、いつもよりも早く迎えに来てくれたルディさんと、こうして馬車に乗って屋敷へ帰っているときだった。

いつもは向かい合わせに座るルディさんが、なぜか今日は私の隣に座った。

それもとても距離が近い。

馬車が揺れる度に膝や腕が触れ合うし、そもそもずっと手が握られたまま。

しかも指と指が絡められていて、どうしても落ち着かない。

「もう少し離れませんか？　せっかくこんなにゆったりとしているのですから……」

ヴァイゲル公爵家の馬車は豪華で座り心地もとてもよく、男性が二人並んで座っても間に隙間ができるほど余裕があるはずなのに。

「……どうして？　俺に触れるのは嫌？」

「嫌ではありません……！　ですが、その……、恥ずかしいので……」

相変わらずの綺麗なお顔を少し悲しそうに歪めるので、慌てて否定する。

「じゃあいいよね？　今まで散々我慢してきたんだし。それに家に着いたら家族がいるから、この時間が唯一本当に二人きりになれる俺の至福のときなんだ」

「……はぁ」

そんなに嬉しそうに言われては、もうだめとは言えませんね。

「……ユリア」

「はい？」

「もう一度聞いてもいいかな」

「……はい」

何をだろうかとルディさんを見上げると、彼はほんの少し頬を染めて、身体をこちらに向けた。

「俺と結婚してくれる？」

「……はい、もちろんです」

「俺のこと、どう思ってる？」

「…………」

今の彼はもう、騎士団長様のお顔ではない。

私にだけ見せてくれる、ルディさんの顔だ。

「好きです。とても。心からお慕いしております」

「ああ……っ、ユリア！」

素直に答えると、ルディさんはとても嬉しそうに顔をほころばせた。

こんなに無邪気に笑う顔は、私の前でも珍しくて胸がきゅんと締めつけられる。

「俺も愛しているよ。もう絶対に離さないから、覚悟してね？」

「……はい、承知しております」

ぎゅっとルディさんの腕が絡みついてきて、私もお応えするようにそっと彼の背中に腕を回す。

「……口づけてもいい？」

「…………」

だめと言わないことをわかっていながら聞いてくるルディさんに、「いいですよ」と言うのも恥ずかしくて、言葉を噤んでしまうけど。

「……だめ？」

「…………もう、聞かないでください」

「いいって言われたかったんだけどね」

執拗に問われて彼を見上げたら、ふっと小さく笑われた。なんだか少し、意地悪に見える笑顔で。

「覚悟してと、言ったばかりだよ？」

「……お手柔らかに、お願いします」

「ユリアが可愛すぎて無理だ」

「……――！」

ルディさんのその言葉を最後に、私の返事は彼の唇に呑み込まれた。

そういえばこの人は、とても甘い文章を書く人だった……。

これからどんな夫婦生活が待っているのかと、大きな期待と少しの不安を抱きながら、彼の甘

い口づけに必死でお応えした。

グレルマン伯爵

「なんだと⁉　ユリアーネ嬢がヴァイゲル公爵の次男と婚約した⁉」

その日、仕事で王都に出向いていた執事からその話を聞いたカールの父、グレルマン伯爵は焦っていた。

「はい……。それも実父の伯爵位と領地も引き継ぐのだとか」

「なにっ……⁉」

「彼女は既にヴァイゲル家に住んでいるそうです。しかも……優秀な魔導師として、国王陛下にもその力を認められているそうです」

「な…………っ！」

言いづらそうに告げられた言葉に、グレルマンは返す言葉も見つからない。

（なんということだ……！　あの娘にそれほどの価値があったなんて聞いていないぞ……‼）

フィーメル領は豊かで潤いのある土地。つまり、実質ヴァイゲル家がまた力を増すということになる。

半年ほど前のあの日、騎士団候補生として一年間教育を受けていた三男、カールから手紙が届いた。

ユリアーネとの婚約を破棄し、王宮で働いている女官と結婚すると。その娘のお腹には既に自分の子供がいると――。

　ユリアーネの義父であるフレンケル伯爵にはあまりいい噂がなかったが、三男のカールは二人の兄に比べて出来が悪かった。

（元々期待もしていなかったから婚約の話を受けたが、まさかカールがそこまで愚かで、ユリアーネがそのような隠れた才能を持っていたとは――）

　息子からの手紙を読んだグレルマンは怒り、三男を勘当することに決めた。

　そしてフレンケル家に謝罪に行くことを考え頭を抱えていたが、フレンケル伯爵がユリアーネを虐待していた罪で牢に入れられたらしいと聞き、内心でほっとしていた。

　フレンケル伯爵は爵位も領地も剥奪され、実娘の消息は不明。噂では王都から出ていったと聞いた。

　ならば謝罪に出向く必要はないと胸を撫で下ろしていたところに、執事がこの話を持ってきたのだった。

　グレルマンはユリアーネを侮っていた。

（こうなるのなら、なんとしてでもカールとユリアーネを結婚させるべきだった。そうすればフィーメル領は我が一族のものとなっていたのに……！）

　グレルマンはギリ、と歯を食いしばり悔しがるも、今更後悔しても既に遅い。

　ならば、やっておかなければならないことは一つ。

　ヴァイゲル公爵家への謝罪――。

「すぐに使者をヴァイゲル家に送れ！　それから金を用意しろ！　一刻も早く謝罪に向かうぞ‼」

＊＊＊

「今度の休みは、二人でどこかへ出かけようか」

その日、王宮からの帰りの馬車で。俺はユリアの隣に座って、彼女の手を握りながらこの幸せを噛みしめていた。

「はい、ぜひ」

兄の配慮もあり、ユリアの休みを俺に合わせてくれたので、たまには二人でゆっくりとデートをしようと思う。

今までも休みはあったが、ユリアは休みの日でも王宮の図書室で魔法書を読んだり勉強したりと、なかなかゆっくり休む暇がなかった。

耐火魔法を習得し、実戦で活躍したことで自信をつけてきただろうから、たまには仕事から離れてもいいだろう。

ユリアはこのまま魔導師として働くことを希望したから、俺もその意に沿うことにした。

これまでと変わらない。だがそれでいい。ユリアは俺の婚約者なのだから、こうして隣に座り、堂々と手を握ることもできる。

今はそれだけで十分だ。

愛しい人の温もりを感じながらこの幸せに酔いしれていると、あっという間に馬車はヴァイゲル家に到着してしまった。

「おかえりなさいませ。ルディアルト様、ユリアーネ様」

「ただいま」

屋敷に着くなり、俺たちを出迎えてくれた執事の口から、思いがけない人物の名前が出た。

「本日、グレルマン伯爵から使いが参りました」

「……グレルマン伯爵から？　なんの用だ」

グレルマン伯爵――つまり、カールの父親。

ユリアと視線を交えた後、俺は再び執事に向き直り、用件を問うた。

「ご子息とユリアーネ様の婚約破棄の件で、謝罪したいとのことでした」

「……今更？」

その言葉に、俺はもう一度ユリアに視線を向けた。

ユリアも意外そうに目を見開き、困ったような表情を浮かべている。

「今度のお二人のお休みに伺いたいとのことでしたが、いかがいたしますか？」

今更謝罪に来るとは……。カールがユリアに婚約破棄を申し出てからもう半年も経つというのに。

おそらくユリアが俺と婚約したという話を聞いて焦っているのだろう。

しかも、わざわざ俺たちの休みに来るのか。せっかくユリアとどこかへ出かけようと思っていたのに。

「ユリア、どうする？　もし君が会いたくなければ断るが」

「……いいえ、お会いしましょう」

「……わかった」

「ではそのようにお返事しておきます」

執事は頭を下げてその場を離れた。

カールからは謝罪を受けたし、もう終わったつもりでいた。これ以上ユリアに嫌なことを思い出させたくないのだが……。

カールの泣いている姿を思い出し、俺は内心で静かに溜め息をついた。


そして約束の日。時間通りに、グレルマン伯爵が到着した。

ユリアとともに二階の広間にいた俺は、彼女に手を差し出して下の階までエスコートする。

屋敷中央の大階段を降りていくと、俺たちを視界に捉えたグレルマン伯爵は、はっとして背筋を伸ばし、深々と頭を下げた。

「この度はご婚約おめでとうございます！」

やはりその話を聞いて駆けつけたようだ。

薄くなった頭を眺めながら伯爵の前まで行くと、ユリアは丁寧に「ありがとうございます」と礼を言う。

礼儀を見せる必要などないのに……。そう思いつつも伯爵に頭を上げるよう声をかけ、俺はユリアとは違う険しい表情のまま見据えた。

「ほんの気持ち程度ですが、どうぞお受け取りください」

俺の表情を見て慌てたように口を開くと、後ろに控えていたグレルマンの使用人が手に持っていた箱を差し出した。

「……」

無言でうちの使用人に合図して受け取らせると、グレルマンは少し誇らしげに言った。

「我が領自慢の白ワインですぞ！」

自慢の畑の土からいい栄養を摂取したぶどうの中から、更に厳選したぶどうのみを使用して作ったワインは雑味のないぶどう本来の味わいと全体のバランスがうんぬんかんぬん――。

ペラペラと饒舌に話すグレルマンを、〝そんな話をしに来たのか〟と言うように冷たく見つめると、再び顔を青白くさせて慌てたように頭を下げた。

「愚息の件……、ユリアーネ嬢には誠に申し訳ないことをしました……！」

グレルマンはばっと床にひれ伏すと、額を擦り付けて叫ぶように言った。

グレルマンの使用人がトランクを前に出す。金が入っているのだろう。

「……彼女が俺と婚約すると聞いて、今更謝りに来たわけですか」

ユリアが何か言おうとしたのを手で制し、俺が言葉をかける。

「……申し訳ございません、本当はすぐに伺いたかったのですが、何せユリアーネ嬢の所在がわからず……」

「彼女がうちにいることなど、少し調べればすぐにわかったはずだ。社交界では噂にまでなっていたようだぞ」

「……ご息女は王都を出たのち、消息不明だと聞いたものですから……」

それはフレンケルの実の娘の話だ。つまり、きちんと調べる気がなかったということだな。

「それで簡単に納得したのか。もし本当にそうであったのなら、探し出してその慰謝料で彼女を救ってやろうとは思わなかったか？」

「……申し訳ございません」

一度顔を上げて俺を見た後、返す言葉なく再び頭を床に擦り付けるグレルマン。

「もう自分とは関係ないと思ったのだろう。今更金だけ渡せば済むと思っているのか」

まったく、腹立たしい。この男の考えていることなど目に見えている。

その証拠に、先ほどから謝っているのは俺に対してで、ユリアには目もくれていない。

「……」

これ以上言い訳は用意していなかったのか、すっかり黙り込んで頭を地べたに押し付けているグレルマンに、俺は怒りを通り越して呆れ果てた。

「どうする、ユリア」

元々こうまで日が空いていたのだから、正直謝罪など既に期待はしていなかった。

これ以上俺とユリアの時間を邪魔しないでほしい。

だから、彼女の意思を尋ねた。

「お顔を上げてお立ちください、グレルマン伯爵」

「……はい」

ユリアは俺の予想通りの穏やかな口調で言った。

「どちらにしてもフレンケルがあのようになった今、私とご子息との婚約はなくなっていたでしょう。それに、私はそのおかげで今とても幸せです。ですから、もうお引き取りください」

「ユリアーネ嬢……」

決断をユリアに委ねたことに、感謝してほしい。俺だったら許してはいない。

「だそうだ。これ以上俺と彼女の貴重な休みを邪魔しないでくれ」

「は、はいっ！」

今は騎士服も着ていなければ剣も所持していないのだが、グレルマンは怯えたような表情で立ち上がると、そそくさと屋敷をあとにした。

カールがぼろぼろと涙を流して謝罪していた顔を思い出す。

彼は上の兄二人と比較されていたようだが、あの父に出来損ないの三男として育てられたことを想像すると、少し同情する。

やはり彼はグレルマン家を出て正解だったのかもしれない。

「ユリアは優しいな」

「いえ、これ以上ルディさんとの時間を取られたくなかっただけですよ」

「……それは嬉しいが、そうではなく」

「……？」

グレルマンが置いていった物はうちの使用人たちに任せ、俺は再びユリアとの休日を楽しもうと彼女の手を取り二階へエスコートした。

「だったら最初から会わなくてもよかったんだよ？　それなのに謝罪の機会を与えるなんて……あの程度の謝罪ではここまで遅れたことを考えるとこちらは割に合わないが、向こうはああして頭を下げ、こちらが金を受け取ったことで、謝罪を受け入れてくれたと満足するだろうからな」

「……ふふ、買い被りすぎですよ」

「そうかな？」

愛しい婚約者の微笑む顔を見つめながら、俺もふっと笑みをこぼした。

実に彼女らしい。

この笑顔を見ていたら、グレルマンのことなど本当にどうでもよく思える。

さて。残り半日、彼女との休日をどう過ごそうかと、俺は期待に胸を弾ませた。

第二騎士団団長、ハンス

「ルディ、聞いたぞ」

あれから数日。

第三騎士団の団長室で仕事をしていた俺のところに、第二騎士団団長のハンスがやってきた。

「……何をだ」

「ユリアーネと結婚の日が決まったって？　よかったなぁ、おめでとう」

「ああ」

むふっと、いやらしく笑って、座っている俺の肩に手を置くハンス。

「というかおまえは暇なのか？　第二は楽そうでいいな」

「馬鹿言え。俺は仕事が早いんだよ」

おまえも少し休めよ。と言って、ハンスは勝手にティーセットで紅茶を淹れ始めた。

区切りもいいしそうするかと、執務机からソファに移動し、腰を下ろす。

「だから最近よくぼーっとしてるんだな。何を考えているのか知らないが、ほどほどにしておけよ？」

紅茶を手に、ハンスも俺の向かいに腰を下ろす。

「？　ぼーっとなどしていない。仕事は仕事だ。騎士として、しっかりしなければならないのだからな」

「……あ、ユリアーネだ！」

「え？」

そして、扉のほうに目を向けて彼女の名前を口にされ、俺はばっとそちらを振り返った。

「ぷ……っ、くくくく」

「……貴様」

しかし、そこにユリアの姿はない。からかわれただけだ。

「これは傑作だ！　しばらく楽しめそうだな！」

「ふざけるな！」

「まぁまぁ、そんなに怒るなよ。おまえたちは既に同じ家に住んでるんだろう？　だったら今更そう照れる必要もないだろうに」

何を想像しているのか、ニヤニヤと下品に口元を緩めるハンス。

「当然だが部屋も別々だし、長い時間二人きりで彼女と個室にいることはない」

「……そうなのか。そいつはまた随分と健全なことで」

「当たり前だろう！　結婚前なのだから」

何を期待しているのか知らないが、俺のユリアを頭の中で穢すのはやめてほしい。

「相変わらずお堅いねぇ、第三騎士団の団長殿は。世の中にはおまえに抱かれた〜いって女がたくさんいるのにな」

「彼女は男に慣れていないんだ。そこら辺の女性と一緒にしないでくれ」

「へぇ、そうかい。それじゃあ今度俺が聞いてきてやるよ、ユリアーネも本当は期待して待ってるんじゃないかって」

「ふざけるなっ‼　そんなことをしたら容赦なく斬るぞ‼」

「ははは、冗談だって、本気にするなよ……あ、ユリアーネ」

ふざけたことをぬかすハンスについ大声を上げた俺に、再びユリアの名前を口にするハンス。

「その手に乗るか！」

誤魔化そうとしても、そうはいかな――。

「ルディさん」

「！」

しかし。背中から聞こえた愛しい愛しい、俺の名を呼ぶやわらかな声に、身体が揺れた。

「すみません、声はかけたのですが……それより、また喧嘩ですか？　本当にお二人は仲良しですね」

ゆっくりと振り向けば、間違いなくそこにはユリアの姿があった。俺たちを見て可愛く笑っている。

「……ユリア」

「な？　だから言っただろう？」

いつからいたんだ？　まさか先ほどの会話を聞かれてはいないだろうな。

「お取り込み中すみません。こちら、ローベルト様から預かってきました」

「ああ、ありがとう」

そう言って、彼女は手にしていた書類を俺に渡した。

「そうだ、よかったらお茶でも飲んでいかないか？」

書類を受け取り、ユリアをソファに誘導するように隣を空ける。

「でも、お取り込み中だったのでは？」

「いや、こいつは暇つぶしに来ていただけだよ」

「平和って証拠じゃないか。なぁ、ユリアーネ」

「そうですね」

少し迷った素振りを見せた後、俺たちの雰囲気に笑顔を浮かべ、素直に座ってくれるユリア。

「……」

そんな俺たちに意味深な視線を向けてくるハンス。

……余計なことを言ったら斬る。

「本当にユリアーネのことが好きなんだなぁ、おまえ」

「当たり前だろう。わかっているなら気を利かせてさっさと仕事に戻れ」

ユリアに紅茶を入れたカップを渡し、二人きりの世界を演出しようと彼女に身体を向けて微笑む。

同じ家に住んでいても、彼女と二人きりになれる時間はあまりない。

「ふぅん……。まぁ、第三騎士団団長様も、結構大変なんだろうな」

先ほどの会話を思い出したのか、うんうんと一人で頷くハンス。

「……それにしても随分他人事だな。俺はもう幸せだから、おまえもそろそろ相手を見つけたらどうだ？」

「いや、俺はおまえと違って、そっちもある程度自由にやってるからな」

「は？」

「ユリアーネの前でこれ以上言わせるのかよ？」

「……」

ハンスの意味ありげな言葉に、その意味を察したユリアの頬が赤くなる。

「……まぁ、どうでもいいけどな、おまえのことは」

「そうだろうな」

ユリアに、この男と一緒だと思われては困る。

だからすぐに話を終わらせようと大袈裟に息を吐くと、ハンスは涼し気な顔で紅茶を飲み干した。

「ユリアーネ、気をつけろよ。こいつはこう見えて、結構ムッツリだからな」

「え？」

「……！」

ハンスの言葉に、飲んでいた紅茶を吹き出しそうになってしまった。

この男は……‼

「おい、ハンス！」

「ははははは っ！　あー楽しかった。じゃあ俺は行くわ。仲良くやれよ」

余計な言葉を残して、ハンスは立ち上がった。

隣のユリアにそっと視線をやると、俯いて少し照れている。頬を染めていて、本当に可愛い。

……これではハンスの言っていたことを否定できないな……。

「ハンスの言うことは気にしないで」

「はい……。本当に、相変わらず賑やかな方ですね」

出ていくハンスの背中を見送ってからユリアに声をかけると、まだ少し頬を染めたまま笑ってくれた。よかった。気を悪くはしていないようだ。

それにしても、俺の婚約者はどうしてこんなに可愛いのだろう。

そんな顔をされたら、どんな男でもクラクラしてしまうに決まっている。

……ああ、だめだ。魔導師団の棟には帰したくない。この部屋にずっといてほしい。

騎士団長付きの魔導師という役職はなかっただろうか。今度兄上に相談してみようか。

「……ユリア」

それでも彼女も仕事があるだろうと思い、最後にじっと見つめれば、ユリアからも熱を含んだ眼差しが返ってきた。

俺たちはあの馬車の中でのプロポーズ以来、キスをしていない。

もちろん俺は、何度だってしたいと思っている。

……やはりこれでは、ハンスが言っていた通りだな。

彼女の白い頬にそっと手を伸ばし、親指でそこを優しく撫でる。なめらかでやわらかく、とても気持ちがいい。

そうすればユリアはぴくりと身体を揺らし、何か言いたげに震える瞳でうっすらと唇を開いて、俺を見つめた。

――これはもう、キスしてもいいだろう。

「……」

そう思い、確認も取らずにゆっくり顔を寄せる。

そっとまぶたを下ろそうとすれば、ユリアも俺に合わせて目を細めてくれた――。

「――ああ、そうだルディ！　おまえも婚約したんだ、たまには社交界に顔を出せよ！　今度の夜会にはユリアーネと参加するといい！」

「……‼」

しかし、あと拳一つ分のところまで彼女の唇に迫っていたところで、がちゃりと扉が開く音とともに、ハンスの朗らかな声が部屋に響いた。

ユリアは顔を真っ赤にして俺から大袈裟に距離を取る。

……ハンスの奴。絶対にわざとだな！

やはり斬る‼

誕生日の特別

季節は秋を迎え冬に近づいていた。

最近はあたたかい日や少し肌寒い日が繰り返されている。

そして、今日は彼女――ユリアの誕生日だ。

ついに彼女は十八歳になり、成人を迎える。

この国では十六歳から結婚は認められているが、成人として扱われるのは十八歳からだ。

だから今年の誕生日は、ユリアにとって特別なものにしたい。

彼女へのプレゼントは何にしようか。

彼女が何をもらったら喜び、心に残るような日にできるかと、俺は数ヶ月前から考えていた。

彼女の希望もあり、誕生日当日はヴァイゲル家にて家族だけでバースデーパーティーを行うことになった。

本当は王宮でともに働く仲間たちを招待し、盛大に祝ってやりたかった。だが、ユリアはヴァイゲル家の家族が祝ってくれるだけで十分だと首を横に振った。

俺も派手なことは好まないから、少人数で心から彼女を祝おうと、そう決めた。

どのみち近いうちに結婚式を挙げるのだ。さすがにその際は身内だけというわけにはいかないしな。

「――おめでとう、ユリア」

「おめでとうユリアちゃん」

「おめでとうユリアーネ」

「本当にありがとうございます」

公爵家の料理人が昨日から仕込みを行い、腕によりをかけて作ったご馳走を前に、みんなは思い思いにユリアに祝福の言葉を述べる。

ユリアは少し恥ずかしそうにしながらも、にっこりと笑って応えた。

身内だけとはいえ、今日の主役だ。兄夫婦から贈られたドレスに身を包み、父と母から贈られたネックレスやイヤリングを身につけ、今日のユリアはとても美しかった。

普段の飾らない彼女もとても可愛らしくて好きだが、こうして着飾ったユリアもとても美しい。

つまり、何を着ていようと、彼女本来の美しさというものは消えない。

ただ表面上だけを整えている令嬢たちとは違う。

家族だけで楽しく、会は進行した。

ユリアも少しワインを口にし、その頬をほんのりと赤く染めていた。

こんなふうに俺の家族と笑って話をし、食事をしているユリアを見て、心から幸せというものを感じた。

そして彼女もそうであってほしいと、心から願う。

どんなに美しいドレスより、高価な宝石より、彼女がずっと欲しかったもの。

それはおそらく、本当に信頼でき、愛することのできる〝家族〟だ。

彼女はずっとそれに憧れていたに違いない。

それは俺一人ですぐに用意できるものではなかったが、この家の者たちは皆、そんなことを言われなくてもわかっている。

「ルディ！　酒が進んでいないようだな？　おまえが飲まなくてどうする！」

「兄上は飲みすぎですよ」

気がついたら、ワインの他にウイスキーのボトルも空いていた。

……まさかユリアにあまり飲ませていないだろうな？

彼女はまだ酒に慣れていないだろう。

そう思ってユリアの様子を窺ったが、母と一緒にとても楽しそうに笑っていた。

よかった。今夜はまだ、酔い潰れられては困るのだから。


それからようやく会がお開きとなったのは、深夜十二時を回る少し前だった。

今日が終わってしまう前にと、俺は部屋に戻るユリアを呼び止めた。

「どうぞ、座って」

「はい」

月と星が輝く夜空がよく眺められる庭に出て、ベンチに座る。

ようやくユリアと二人きりでゆっくり話ができる。

「誕生日、本当におめでとう。ユリア」

十二時を過ぎてしまう前に、俺はポケットに忍ばせておいた小さな箱を取り出し、彼女の前に差し出した。

「ルディさん、これは……？」

「開けてごらん」

緊張した面持ちでそっと箱を受け取り、蓋を開けるユリア。

エンゲージリング。男性から婚約した女性へ贈られる、婚約者の証であるそれは、男性の瞳の色の宝石を嵌めるのが一般的。

「ルディさんの瞳の色と同じ……とても綺麗……」

ユリアはうっとりと瞳をとろけさせて、指輪を見つめた。

ユリアから一度箱を受け取り、指輪を取り出すと、俺は彼女の左手を取った。

そしてそれを薬指に嵌めて俺の魔力を流し込むと、指輪は主を認識して宝石の輝きを一層増す。

「……素敵」

この宝石には魔法付与が施されている。

王宮一の魔導師である兄に、俺が直々に依頼した。危険から彼女を守ってやれるようにと。

「気に入ってくれた？」

「とても。本当に綺麗です。ありがとうございます」

その石より、ずっと綺麗に輝いている瞳を向けて、ユリアは言った。

「ルディさんには、本当にたくさんのものをいただきました。私には一生返せないほどのものを」

「そんなことはないよ。俺だって君からかけがえのないものをもらったのだから」

人を愛する気持ち。心から愛しいと思える存在。

俺のほうこそ、一生かけて返していかなければならないと思っている。

「……ルディさんは、きっと欲しいものはすべてご自分で手に入れられると思うので、何をプレゼントしようか悩んだのですけど……」

「……？」

庭に置かれている柱時計へ目をやり、ユリアは緊張の色を顔に浮かべた。

「ですが、今の私にできることは、この気持ちを伝えることだと思いました」

そう言って、ユリアはドレスのポケットから何かを取り出し、俺に差し出した。

手紙だ。

「お誕生日おめでとうございます。ルディさん」

「え――」

言われて、時計に目を向ける。ちょうど十二時を過ぎたところだった。

「……知っていたのか？」

「はい。ローベルト様から聞きましたよ。おっしゃってくだされればよかったのに。私たちの誕生日が一日違いだったなんて。素敵ですね」

そう、日付が変わった今日は俺の誕生日だ。

ユリアには言っていなかったが……確かにあの兄が黙っているわけがないか。

それにしても――。

ユリアから手紙を受け取り、その白い封筒を見つめる。

そこには〝親愛なるルディさん〟と書かれていた。

その言葉を目にして、身体が震えた。

「こんなに高価なものをいただいたのに、私からはそんなものですみません……ですが、気持ちだけは誰よりも――」

ユリアがそこまで言ったところで、俺は彼女の身体を引き寄せ、強く抱きしめていた。身体が勝手に動いてしまった。

「……ルディさん？」

「とても嬉しい。ユリア、ありがとう。本当に……嬉しすぎて震えるほどだ」

過去にユリアと手紙のやり取りをしていた際、婚約者のふりをして手紙を書いていた俺は、返事を書くために彼女から婚約者に宛てた手紙を読んでいた。

当然ながらそこにはいつも〝親愛なるカール様〟と書かれていた。

その言葉を見る度に、俺は現実を突きつけられていた。

俺はユリアを想って手紙を書いているが、ユリアが想っているのは俺ではなく、婚約者なのだと。

当然のことであるのに、俺は酷く悲しい気持ちを覚えていた。

それが今、初めて彼女は〝親愛なるルディさん〟と俺宛てに手紙を書いてくれた。

彼女からもらえるものならば、クラヴァットだろうがハンカチだろうが、たとえもう持っているものだとしても、なんだって嬉しい。

だが、俺にとってこれほどの贈り物はない。

「一生大切にする」

「大袈裟ですよ」

「いや、本当に嬉しい」

すぐにでも読みたいが、ユリアの前で読んで平然としていられる自信はない。

今夜一人で、じっくり読ませてもらおうと思う。

「……もう一つ、もらってもいいかな」

「やっぱり、手紙だけじゃ足りなかったですよね――」

ユリアの言葉を待たずに、俺は彼女の頬に手を添え、唇を重ねた。

「……すまない、待てなかった」

「ルディさん……」

ユリアの頬がほんのりと赤く、熱を持っているのは、酒のせいだろうか？

まるで俺を誘惑するようにぷっくりと熟れた唇を見つめ、親指でなぞる。

やわらかくて気持ちのいいユリアの唇に、いつまでもこうして触れていたい。

けれど、やはり指だけで触っているのももったいない。

「今日は、ユリアから触れてほしいな」

「えっ……!?」

「プレゼントに」

「……ですが、それは――」

ふにふにと、ユリアの唇を撫でて微笑めば、彼女の顔はたちまち真っ赤になっていく。

ああ、本当に可愛い。

「……目を、閉じてください」

「うん」

覚悟を決めたような顔で俺を見上げるユリアを目に焼き付けて、言われた通りまぶたを下ろす。

「…………」

すると、触れたか触れていないかわからないくらい一瞬、唇にやわらかいものが当たった。

「……もう終わり?」

「えっ、だめですか……?」

「全然足りないよ」

「……っ!」

だから結局、我慢できずに俺のほうから再び唇を重ねてしまった。

一瞬にして彼女の唇を塞ぐと、ユリアは小さく肩を揺らして俺の胸に手を置いた。

突然のことで呼吸が乱れたのか、ユリアの鼻から甘い息が漏れる。

……ここが外でよかったな。

室内だったら、このまま押し倒していたに違いない。

それでも彼女のやわらかな身体をぎゅっと抱き寄せ、その感触をじっくりと堪能しながら、俺は深く、深く彼女を愛した。

本物の愛

ユリアと婚約して半年ほどが経ったその日――。

俺とユリアの結婚式が行われた。

国一番の大教会にて、親族や騎士、魔導師たちに国王陛下までも参列し、俺たちを祝ってくれた。

ユリアはこれまでで一番美しく着飾り、洗練された姿で俺の隣にいた。

初めて会った頃は髪も爪も肌も荒れていたというのに、今はまったくその面影がない。

すべてが艶やかで美しい。

あの頃はまさかユリアとこうしている未来が現実に訪れるなど、思ってもいなかった。

俺は幸せだ。

あの頃の自分にこのことを伝えたら、なんと言うだろうか。

……いや、やはり内緒にしておいたほうがいいな。

気を抜くと緩んでしまいそうになる口元を引きしめ、ユリアの夫として相応しくあるべく、堂々と彼女に向き合った。

「ユリアーネ……一生あなたを愛し、命をかけて守り抜くことをこの剣に誓う。どうか俺と生涯をともにしてほしい」

愛を乞う騎士の誓いの言葉を述べ、愛剣を掲げれば、ユリアもにこりと笑みを浮かべて応えてくれる。

「はい……ルディアルト様。私も、生涯をかけてあなたをお支えし、愛することを誓います」

神や陛下の前で誓いを交わし、互いの魔力を織り交ぜた指輪を交換する。

大勢の人の前に出ることは俺もユリアも苦手だが、こうしてたくさんの祝福の拍手を浴びるのは悪くない。

俺たちは夫婦として認められ、ここにいる大勢がそれを見届けてくれた。

これでユリアは本当に俺の妻になった。

この日の誓いを、俺は一生忘れない。

「——今日は疲れただろう？」

そしてその日の夜。

ヴァイゲル家に新しく用意された二人の寝室にて。天蓋付きの大きなベッドの上で座って待っていたユリアに歩み寄り、努めて優しく声をかけた。

「ルディさんも……お疲れ様でした」

今夜は俺たちの初夜だ。

俺がこの日をどれだけ待ちわびてきたことか……。

だが、焦ってはいけない。

ユリアは今夜のために用意された寝衣に身を包み、小さくなって俯いていた。

その姿をこの目に焼き付けて堪能したいところだが……緊張しているのがこちらまで伝わってきて、とても可愛い。

本当は今すぐにでも押し倒してしまいたいが、そんなみっともないことはできない。

大丈夫、俺はまだ理性を保てている。

「ユリア、こっちを向いて？」

隣に腰を下ろすと、俺の体重に合わせてベッドがぎしりと沈み、ユリアはビクッと肩を震わせて俺に視線を向けた。

「大丈夫？」

「……はい、覚悟はできています！」

〝覚悟はできています！〟って、可愛すぎるだろ。

そう思いながら手を伸ばしてユリアの顔にかかった髪をよけ、朱に染まる頬に触れる。

「それは頼もしいね」

言葉とは裏腹にとても緊張している様子の彼女に胸の奥がきゅっと疼き、可愛いのと可笑しいのとで、思わず笑みがこぼれてしまう。

「ユリア、大丈夫だよ。俺は俺だから」

「……はい、ルディさんは、ルディさんです……」

明らかにカチカチのユリアの身体をそっと抱きしめ、胸の中に納める。

情けないが、俺だって緊張している。

それが伝わるように静かに優しく、背中を撫でてやった。

そうすればユリアも少し安心したように俺の背中に腕を回してくれたから、しばらくそのまま

「……ルディさん」

互いの鼓動の音を交わし合った。

かつて戦いにおいてもこれほど気持ちが高ぶったことはないのに、ユリアの温もりは同時にどこか落ち着くものがある。

ユリアが嫌なら、今夜は何もしなくたって構わない。

無理をさせるつもりはない。

ユリアが安心してくれるまで、俺はいつまでもこうしていられる。

だがしばらくそうしていると、やがてユリアの身体から力が抜けていくのがわかった。そっと彼女の顔を見つめ、確認するように微笑むと、彼女も小さく笑い返してくれた。

愛らしい瞳と視線が絡み合うと、それだけで身体の奥底からじわじわと何かが昇ってくる。

「…………」

そんな彼女に、そっと口づけた。

もう何度も交わしたそれはユリアもちゃんと受け入れてくれて、俺はいつもよりも深く、彼女に愛を伝えた。

「ルディさん……っ」

「……ルディと呼んで？」

「…………ルディ」

「ああ、ユリア……愛してる。心から」

俺の愛に応えて反応を示すユリアに、耐えきれなくなってしまいそうになるのをなんとか堪え、何度も何度も彼女の名前を囁いた。

彼女からも愛おしい声で「ルディ」と名前を囁かれ、頭がクラクラしてしまう。

……すまない。やはり今日は少し、無理をさせてしまうかもしれない。

まだ夜は長い。今夜はたっぷり君を味わわせてもらうことにするから、覚悟して？

そう思った言葉は口にできたか定かではないが、俺はユリアのすべてを味わうように身体中に口づけを送り、互いの熱を溶け合わせていった。

＊

ユリアと結婚してふた月。

俺たちの生活は特に変わっていない。

しばらくは今まで通りヴァイゲル家から王宮へ通い、俺は騎士、ユリアは魔導師として働き続ける。

寒い冬にはユリアの魔法が再び役立ったし、じきにまた暑い夏が来るから、王宮としてもユリアがいてくれると助かる。

「――いい顔してるなぁ、ほんと」

例によって暇を持てあましている第二騎士団団長のハンスが（仕事の話で来たのだが、その話は最初だけだった）団長室のソファにゆるりと座って俺の顔をじっと見つめた。

「何がだ」

向かいに座っている俺はそんな視線に眉をひそめる。

「そんなにいいのか」

「頭の中でユリアを穢すな」

「ほお、穢すようなことをしているのか、おまえは」

「そうではない！」

ニマニマと笑いながら探るような視線を向けてくるハンスだが、何も教えてやる気はない。

俺たちの中で大きく変わったことといえば、ユリアと寝室をともにするようになったということだ。

あれほど恋焦がれた相手がようやく自分の妻になった。そして隣で寝ている。

おやすみのキスをすれば、自然と手が伸びてしまうのは無理のないことだと思っている。

俺のせいではない。ユリアが可愛すぎるんだ。

結婚するまでの間、俺はよく耐えてきたと思う。

だから少し無理をさせていたとしても許されるはずだと、俺は自分を正当化している。もちろん、その分も俺が彼女を労ることは忘れない。

「幸せそうだなぁ」

「幸せだからな」

「おまえが結婚してますますいい男になったと、社交界でも噂になっていたぞ」

「……本当にくだらない話をするんだな、社交界の連中は」

「まぁ、あいつらも暇なんだろうさ」

ユリアに危害を加えるようなことがないなら俺も黙っているが、結婚した後まで話のネタにされるというのはあまり気持ちのいいものではない。

もう放っておいてほしい。

「それよりハンス、ユリアの前でそういう話はするなよ?」

「俺だってそこまで野暮じゃねぇよ。だがおまえにくらいいいだろ? 幸せなんだから、少しは分けてくれよな」

「だからおまえもそろそろ誰か相手を見つけろよ」

「……そうだなぁ」

この話になるとハンスはあからさまに目を逸らし、すぐに話題を変えようとしてしまう。

「それじゃ、俺はそろそろ仕事に戻るよ」

「また逃げるのか」

「うるせぇ」

ユリアに出会うまでは俺もハンスと同じだったからその気持ちはわかる。

だがハンスもまだそういう相手に出会っていないだけなのだろうと、内心で彼にもいい相手が現れることを少しだけ願っておいた。……本当に少しだけ。

＊

それからひと月ほど経ったある日。ユリアが倒れたと、魔導師団長を務めている兄から連絡を受けた俺は慌てて医務室へ走った。

「ユリア……！」

「ルディさん」

ベッドで休んでいたユリアの横には、副師団長のフリッツ。

「じゃあ僕は行くね」

「はい、ありがとうございました」

「身体、大切にね」

「はい」

にこにこと微笑みながら俺にぺこりと頭を下げて部屋を出ていくフリッツ。

ユリアが倒れたというのに、なんだその笑顔は。と、一瞬苛立ちを覚えたが、つまり大したことではないのだと感じてほっとする。

「大丈夫か？」

「はい……すみません、ご心配をおかけして」

「いや。心配するのは当然だし、俺に気を遣わなくていいよ。少し働きすぎていたんじゃないか？」

「……」

ベッドサイドに置かれていたスツールに腰を下ろし、ユリアの手を握る。

彼女は上半身だけを起こして、少し俯いた。

「ユリア？」

「……ルディさん、実は……」

なんだろう。何か、言いづらそうに口ごもるユリアに、病気でも見つかったのだろうかと、ざわりと嫌な予感が身体を巡った。

「ユリア、大丈夫。俺がついている。それに王宮には腕のいい医師もいるし、兄上も優秀な魔導師だ！　どんな病でも必ず――」

ユリアの手を強く握って熱く語れば、ユリアは「違いますっ」と声を張った。そして――。

「赤ちゃんができました……！　ルディさんとの、子供です……！」

「え？」

思い切ったように告げられたその言葉に、一瞬思考が停止し、情けない声が出た。

……ユリアに、俺の子が？

「それで、少し貧血を起こして……、っルディさん？」

それを理解した次の瞬間には、俺の腕は無意識にユリアの身体を強く抱きしめていた。

「ありがとう、ユリア。大切にしていこうね」

「……はい」

ぎゅうっと、強く腕を回せば「苦しいです」と笑って呟いたユリアの声は少し鼻にかかっていた。

俺も、泣きたいほど嬉しい。

だが今はまだ泣かない。

守る者が増えるというのはとても幸せで、同時にとても大きな責任が生じる。

それでも今だけは、もう少しだけ、ユリアの温もりを感じていたい。

これから訪れるとても大きな幸せを、これからもユリアとともに守っていきたい。

彼女とお腹の中の子供、そして家族の幸せは、俺が守っていこう。

そう、改めて胸に刻んだ。

＊＊＊

ルディさんとの関係は〝偽りの手紙〟から始まった。

その手紙はいつだって私を支えてくれていた。泣いてしまったこともあったけど、それでも私たちを繋いでいた手紙に嘘偽りはなく、いつしか互いにとってかけがえのないものになっていった。

「――いつかこの子が大きくなって、私たちのもとから巣立っていったとき、たくさん手紙を書こうと思います」

大きくなってきたお腹を撫でながら、私は隣にいるルディさんに微笑んだ。

「まだまだ先の話だけど……そうだね。俺もたくさん手紙を書くよ」

「ルディさんの手紙を読んだら、すぐに帰ってきてしまうかもしれませんよ？」

「そうかな？」

「そうですよ」

だって、ルディさんの手紙の文章は本当に素敵だから。

「私にもまた、手紙を書いてください」

「もちろん。ユリア宛てになら、いくらでも書けるよ」

「ふふ、嬉しい」

顔を知らない婚約者に宛てた手紙を書きながら、私は手紙を通してルディさんを想っていた。

拝啓、親愛なる騎士様へ――。

「私を見つけてくれて、ありがとうございます」

「……何か言った？」

「なんでもありませんよ」

心の声をこぼした私に、ルディさんは優しく微笑んだ。

偽りから始まった私たちの関係は、本物となってこれからも永遠に続いていく。

END

拝啓、役立たず令嬢から親愛なる騎士様へ
～地味な魔法でも貴方の役に立ってみせます

発行日 2024年2月19日　第1刷発行

著者　結生まひろ

イラスト　鳥飼やすゆき

編集　濱中香織（株式会社imago）

装丁　しおざわりな（ムシカゴグラフィクス）

発行人　梅木読子

発行所　ファンギルド
〒160-0022 東京都新宿区新宿2-19-1ビッグス新宿ビル5F
TEL 050-3823-2233　https://funguild.jp/

発売元　日販アイ・ピー・エス株式会社
〒113-0034 東京都文京区湯島1-3-4
TEL 03-5802-1859 / FAX 03-5802-1891
https://www.nippan-ips.co.jp/

印刷所　三晃印刷株式会社

ISBN 978-4-910617-19-0　Printed in Japan

この作品を読んでのご意見・ご感想は
「novelスピラ」ウェブサイトのフォームよりお送りください。
novelスピラ編集部公式サイト　https://spira.jp/

～形式上の妻ですが、
なぜか溺愛されています～

大魔術師様に嫁ぎまして 1

こじらせ 王弟 × 虐げられた 令嬢

政略結婚から純愛に!?

著者：狭山ひびき　　イラスト：木ノ下きの